帥醫筆記

之2 誘惑在心

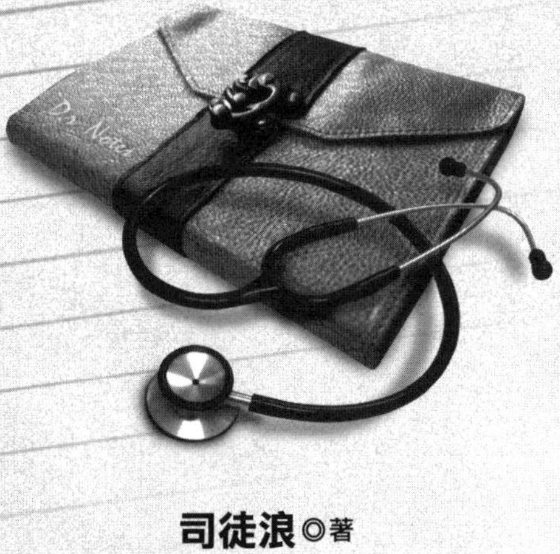

司徒浪◎著

我是一名婦科醫生。

每天，我都會接觸到女人那些難以啟齒的病痛，
我的職責便是為她們解除痛苦。
假如我看她們的笑話，出賣她們的隱私，
將她們的病痛當做閒聊話題，我就是個毫無廉恥的卑鄙小人。
我總認為女人比我們男人乾淨，她們不像我們男人，
為了競爭爾虞我詐，用心計、耍手腕，
她們心地善良單純，我因此本能地對她們產生憐愛。
我覺得女人真是一種奇怪的動物，她們有時候很難讓人理解。
女人的情感，就彷彿是天上飄著的一片雲，來無影去無蹤。
有時候你會覺得她們很變態，真的，她們固執起來的時候真的很變態。
說到底，男人或許是一種極端自私的動物，在他們眼中，只有獵物，沒有女人。
於是，許許多多說不清道不明、不便說也不能說的事情發生了。
而我只能將一切藏在心中，或者，寫入我的筆記……

——馮笑手記

目錄

帥醫筆記

第一章

喚醒昏迷病人

一般喚醒昏迷病人最好的辦法，是要去握住病人的手，
讓他感受到溫暖，但是對陳圓不行。
我坐在病床旁邊看著她，心裏忽然有了一種傷感。
或許是因為她不再漂亮的容顏，或許是她遭受到的那一切。
我已經被悲傷填滿。

剛回到科室就收到了宋梅的簡訊：陳圓是被一個女人傷害的。傷害她的人叫朱暗玉，我們省美術學院的助教。

我大為震驚。

我震驚的原因來自兩個方面，一是我沒有想到傷害陳圓的竟然會是一個女人，而且那個女人竟然如此心狠手辣。第二，我想不到他真的能夠在這麼短的時間裏找到罪犯。

仔細一想卻又覺得似乎一切都是那麼的合理——這個世界上，也只有女人才會對自己的同性那麼殘酷。我們科室的護士對病人從來都沒有好臉色。女醫生因為涵養好一些，所以在對待病人的態度上要稍微和藹一點。現在，來找我看病的病人越來越多了，究其原因其實還是態度的問題。

說實在的，我對女性很同情，我覺得自己似乎有一種賈寶玉似的情結，總認為女性比我們男人乾淨，由此對她們產生一種發自內心的疼愛。

此外，我還想到了一個問題：員警沒有發現兇手的原因，可能與他們的思路有關係，因為在常人看來，陳圓必然是遭到了男性的侵害，因為她遭受到的是性侵。但宋梅就不一樣了，因為他本人就是屬於喜歡同性的人，所以才會打破常規的思路，考慮到另外一種不符合常規的結果。當然，也可能是他本身就很高明。

看著手機上的簡訊，我發現自己有些不知所措。本來，我心裏一直想的是請宋梅幫忙調查清楚這件事情，但是，當他把結果告訴我之後，我才發現自己遇到了一個很麻煩的事情：怎麼去告訴員警這件事？員警必然會問我資訊的來源。

然而，我的心裏是多麼急切地想把這個情況告訴給員警啊。稍作思考後便去到大街上。我發現一個人在用手機打電話。「你好，我想借用一下你的手機可以嗎？我電話沒電了，我發一條簡訊。」雖然覺得唐突，但是我還是鼓起勇氣去對那個陌生人請求道。

他警惕地看著我。

「我是這所醫院的醫生。」我說，隨即給他看了看自己白大衣上的標牌，「我有急事。這樣吧，我給你五十塊錢。可以嗎？」

他看著我，猶豫了一瞬後將他的手機朝我遞了過來，「錢就不要了。你快點啊。」我急忙摸出那個叫童瑤的女員警的名片，快速地給她發了一則簡訊。宋梅給我的簡訊內容我記得一字不差。

然而，讓我沒有想到的是，自己的這個招數在員警眼裏卻如同兒戲一般。他們很快就找到了我。事後想來，自己確實夠傻的。

第二天是週末，我上門診的日子。剛剛送出去一位患有黴菌性陰道炎的病人，就發現童瑤進來了。她穿的是便裝。

「童警官，你來看病？」我問她道，有些詫異，「你哪裏不舒服？」

她瞪了我一眼，「去去！我才不找你看病呢。」我一怔，頓時笑了起來，「對不起啊。職業習慣。呵呵！」

她看著我怪怪地笑，「馮醫生，看不出來啊，病人對你評價蠻高的嘛。」我有些不好意思，謙遜地道：「哪裏啊。」隨即感到奇怪，「童警官，你怎麼知道病人對我評價的？」

她癟嘴道：「剛才在外邊我都聽到了。你就得意吧。」

我對她今天的到來疑惑不解，「童警官，那你找我有什麼事情嗎？你熟人要看病是不是？沒問題，可以不用排隊。我先給她看。」

「中午有空嗎？我請你吃飯。」她卻笑著問我道。

「有事嗎？」我問，心裏頓時明白了：估計是她破了陳圓的那個案子了，心情高興。於是我急忙地道：「行。你說吧，什麼地方？」

「到時候我給你打電話。再見。」她說，隨即轉身離開。不知道是怎麼的，我心裏忽然惴惴不安起來。

她準時十二點給我打來了電話，「就在你們醫院外邊的一家小店。我已經點好了菜了，你快點啊。」

我不禁苦笑：小店？怎麼這麼吝嗇啊？

小店裏面人滿為患，也很嘈雜。我去到她坐的地方，卻發現桌上空空的。

「不好意思，我太窮了，只好在這地方請你。」她笑著對我說。

「沒事。你請我吃飯讓我受寵若驚呢。」我笑著說。

「你們醫生的收入很高是不是？」她問我。我笑著回答：「還可以吧。」

「那我請客，你付賬好不好？」她問。我一怔，隨即笑道：「行啊。」

「那好，我們換個地方。這地方，太吵了。」她說，隨即站了起來。我瞠目結舌地看著她。她大笑，「走吧。你不是說受寵若驚嗎？」

我說的是你請客我才受寵若驚啊。我在心裏苦笑道。嘴裏卻說：「當然，我保證受寵若驚。」她瞥了我一眼，隨即又笑。

她帶我去到了一家酒樓，就是我與趙夢蕾重逢後第一次吃飯的那個地方。因為這家酒樓也在我們醫院不遠處。

「馮醫生，你可好久沒來了。」那位風姿綽約的女老闆迎了過來。

「給我們找一個清靜的地方。這是童警官。」我說。她隨即熱情地去對童瑤道：「啊，童警官啊。歡迎啊。」童瑤朝她淡淡地笑了笑。

「中午沒多少客人，你們就坐那邊上吧。」風姿綽約的女老闆說。

我去看童瑤，她在點頭。「這樣吧，你幫我們配點菜。好一點，不要那麼多。」我隨即吩咐女老闆道。「喝酒嗎？」女老闆問。「不喝。」童瑤即刻地說，「來點飲料。」

我和她去到一處靠窗的位置坐下，周圍沒有人。她在看著我笑，笑得我心裏發毛。「幹嘛這樣看著我？」我不安地問。

「馮醫生。你夠厲害的啊。」她說，眼神怪怪的。我更加不安了，「什麼厲害？」

「告訴我，你怎麼查到那個罪犯的？」她問。

雖然我心裏早有準備，但還是大吃了一驚，「你說什麼？哪個罪犯？」

「你用別人的手機給我發簡訊，但是那個人卻可以描述出你的樣子。而且你的名字也太特別了。他清楚地記得你標牌上的名字有一個笑字。」她看著我說，美麗的臉上不住地在笑。

我愕然，頓時覺得自己真是太傻了。

「人抓到了嗎？」我不得不承認，不過這才是我更關心的問題。

她點頭，「抓到了。都承認了。說吧，你怎麼查到的？」

「我委託了一位朋友。他是私家偵探。」我說。因為宋梅對我交代過，我不想出賣他。

「你！」讓我想不到的是，她卻忽然生氣了。

「怎麼啦？」我很不解。

她搖頭，「算了。」

這下我猛然地明白了，因為我剛才的話明白地顯示出我對她的輕視。「對不起，童警官。我是覺得陳圓太可憐，我很想幫她。我覺得只有找到了罪犯，她才可能醒過來，因為她的內心一直充滿著恐懼，所以才這樣一直把自己封閉起來。現在好了，罪犯被抓住了，她內心的恐懼就可以消除了。對了童警官，我們快點吃吧，我得馬上回病房。」

「你先回去吧。我可要慢慢享受這頓美餐。」她癟嘴對我說道。

在回病房的路上，我忽然想起了一件事情：今天下午我得去常育那裏。對了，今天可是週末，她難道也要上班？

不過現在我考慮的倒不是這個問題，而是我下午的門診。

「學姐，下午幫我上半天門診可以嗎？」我拿出了電話。

學姐蘇華在電話上不住抱怨。我諂著臉對著電話向她懇求，「學姐，幫幫忙嘛。以前我可是多次給你代班啊，休假你也沒有還給我。那些都不說了，這次只要你幫了我這個忙，今後你隨時讓我代班都成。」

「這可是你說的啊！」她大笑。「當然。」我說。放下電話後我才感覺到自己好像又上當了。哎！上當就上當吧，反正又不是第一次了。我苦笑著搖頭。說實話，我還真拿自己的這位學姐沒辦法，她太男人性格了。與她比較起來，好像我還要柔弱、內向得多。不禁苦笑：在婦產科這樣的科室，我現在作為唯一的男人，不陰盛陽衰才怪了。

這下我放心了，因為至少不會耽誤下午的事情，而且至少可以緩解自己與莊晴那種關係帶來的危機。

昨天宋梅離開後直到現在，我的心裏都一直還是七上八下的。昨天晚上回家後我有些不敢去看趙夢蕾的眼睛，與她說話也刻意在迴避。因為我心虛。幸好我平時少言寡語，不然的話她肯定會感到奇怪。

趙夢蕾最近一心在想生孩子的事情，吃了胎盤依然沒有效果，她還是沒有完全失望。我幾次建議她和我一起去做試管嬰兒，但是都被她拒絕了，她說還是自然的好。我也就只好罷了。於是便隨她去折騰。

最近一段時間來，我發現她很迷信。不但經常去廟裏拜佛，而且在遇見乞丐的時候總是會大方地掏錢施捨。「多做善事，菩薩才會感動。」她這樣對我說。

我們結婚後在經濟上相互都很獨立。她前面那位男人好像給她留下了不少的錢，我發現她花錢很厲害，從來都沒有心痛的感覺。我的收入還不錯，但是她從來不找我要。有一次我對她說起過這件事情，我說把工資交給她保管，但是被她拒絕了。「你是男人，身上沒錢怎麼行？」她說，「你自己的錢自己用就是了，不夠還可以找我要。」

我當然不會找她要錢。

有時候女人的事情少去管最好，由她自己高興才是最好的辦法。比如現在，她根本就不來管我的事情，因為她的興趣完全就不在我身上。這樣對大家都好。她的精神有所寄託，我也有了難得的自由。

現在，我的心情好極了，步履也輕快了許多。隨即快速地朝病房走去，我想馬上去告訴陳圓這個好消息。我真切地希望她能夠馬上醒轉過來。現在，她臀部、背部的褥瘡越來越嚴重了，本來漂亮非常的她也變得憔悴不堪。直到現在我才真正領悟到「人的身體只是一副皮囊」這句話的深刻含義。就陳圓來說，她是那麼的美麗，可是一旦她的靈魂飄然於她的軀殼之外，她的美麗便開始慢慢消失。

打開她病房的門，頓時就聞到了一股惡臭。我當然知道是怎麼回事，即刻去到護士站，「你們怎麼搞的？怎麼不給她清洗身體？」我責怪值班護士。

「沒有來得及。」護士回答說，神情有些尷尬。我當然不相信她的鬼話，不過也不好過於責怪她。陳圓這樣的病人就像荒野中的一棵小草一樣，因為沒有別人的呵護，所以很多人的態度都一樣：讓她自生自滅。而我不一樣，因為她曾經給我留下了如此美好的回憶，我不希望她就這樣凋謝。

「你準備一下，我親自給她換藥。對了，拿一套換洗的病號服來。」我吩咐值班護士道。

「我來吧。」讓我想不到的是，莊晴忽然出現在了我的面前。

我有些詫異，「你怎麼來了？」

「宋梅讓我來的，他說你很可能在病房裏面。」她回答說。我心裏不禁感到一種恐懼，因為我想不到宋梅這個人竟然厲害到如此程度。

「怎麼啦？」可能是我恐懼的神色被她發現了，她問我道，隨即便笑了起來，「馮笑，其實也沒什麼，上午我去過門診一次，發現那位女員警在找你。於是我把這件事情告訴了宋梅。宋梅聽了後便笑著對我說：『馮醫生上午是沒時間的了。他很可能中午去病房。因為他要把罪犯被抓住的消息告訴陳圓。』馮笑，我也很希望陳圓能夠馬上醒轉過來，所以就來了。」

原來是這樣。我心裏想道。於是對她說道：「走吧，我們去病房。哎！但願她能夠醒轉過來。」

病房裏瀰漫著一種難聞的氣味，讓人噁心欲吐。莊晴皺了皺眉，「怎麼這麼臭？昨天我下班的時候不是都好好的嗎？」

「你開一下暖空調，然後把她衣服全部脫了。」我即刻吩咐她道。現在，再去說其他事情已經毫無意義，先解決她感染的事情才是第一位的。

房間裏面的溫度慢慢起來了，我也已經適應了這種惡臭的氣味。莊晴在給她脫衣服。讓我感到詫異的是，陳圓身上的褥瘡並沒有出現嚴重的潰爛。猛然地，我想到了一種可能。「莊晴，把她內褲脫了。」

果然，她的情況和我剛才預料的完全一樣。她的陰道裏面感染嚴重，惡臭是從這裏發出來的。

「你們平常沒有觀察她這個部位的情況嗎？」我問莊晴。

「她裏面的傷口不是早就痊癒了嗎？平常我們都只注意她身上的褥瘡去了。」她回答。我不禁在心裏自責，因為我自己也沒有考慮到這個問題。雖然她陰道裏面的傷口早就癒合了，感染也早就控制住了。但她畢竟是女性啊，雖然她一直處於昏迷的狀態，但月經週期依然正常，加之她身上還有褥瘡，月經後出現感染的可能性就更大了。

現在，我清楚地看見她內褲上有著一層黃色的東西，那應該是陰道感染的分泌物。惡臭也是那些東西發出來的。戴上手套、分開她的大陰唇，我看見她的尿道口、陰道口有著明顯的紅腫。

「馬上給她沖洗一下。必須得馬上換抗生素。」我吩咐莊晴道。

忙乎了接近一個小時才清洗完了陳圓的身體，同時也給她長有褥瘡的部位換了藥。新的抗生素點滴也給她打上了。莊晴還給她洗了臉。我看見，她的臉色蠟黃，眼眶深陷，臉部的輪廓也有些變形。曾經的美麗已經不再。

我在心裏不住歎息。

現在，我看著她，卻發現自己不知道該怎麼去對她講那件事情了。我有些激動，同時又很擔心消息來得太忽然的話，會讓她再次受到刺激。

「告訴她吧，就現在，她聽得見的。」莊晴對我說。

我點頭。我當然知道她聽得見。聽得見這件事情對一般人來說不可以理解，但我們是學醫的，完全知道其中的道理：像陳圓這類型的昏迷其實就是一種逃避，潛意識的逃避，也就是說，是她自己的潛意識將她自己封閉了起來。

在這種情況下，她的潛意識可以感知到她周圍的一切，特別是聲音。心理學家佛洛德認為，潛意識是潛藏在我們一般意識底下的一股神秘力量，是相對於「意識」的一種思想。

潛意識，說到底也就是人類原本具備，卻忘了使用的能力，這種能力我們稱為「潛力」。也就是存在，但卻未被開發與利用的能力。潛意識這東西很奇特，它不受身體的控制，但是卻反過來控制著自己的身體。

在一般情況下，喚醒昏迷病人最好的辦法，是要去握住病人的手，讓他感受到溫暖。但是對陳圓不行。因為握手對她來講也可能會被她視為一種侵犯。所以，我只能坐到病床旁邊，然後看著她的臉。我開始對她講。

我看著她，心裏忽然有了一種傷感。或許是因為她不再漂亮的容顏，或許是她遭受到的那一切。我的嘴巴動了動，但是卻沒有發出聲音來，因為我的聲帶已經被悲傷填滿。

「怎麼啦？」莊晴在問我。我搖頭，眼淚潸然而下。

「要不我告訴她好了。」她說。我急忙擺手，「別……」我終於說出了話來，「莊晴，別。傷害她的是一個女人，你告訴她不合適。我想好了，還是由員警告訴她好了。」

出了病房，我即刻給童瑤打電話。現在，我發現由我去告訴她也不合適，我覺得或許陳圓更信任員警。

「馮醫生，怎麼？又要請我吃飯？」童瑤在電話裏面笑。

「可以啊。不過你得幫我個忙。」我說。

「哈哈！原來是要交換啊？行，你說吧，需要我幫你什麼忙？」她大笑。

「陳圓的案子已經破了，我想讓你們員警來告訴她這個消息。或許這樣她才會醒轉過來。」我說道。

「這很簡單。我馬上過來。」她答應得很快。我急忙地道：「不，你不行。因為傷害她的是一個女人，所以我覺得最好是由一位男員警告訴她才好。這樣才會讓她有安全感。」

「……有道理。行，我答應你。不過今天晚上你得請我喝酒。」她沉吟了一瞬後說道。

「她如果醒來了，我就請你。」我說。

「喂！馮笑，你太過分了吧？我按照你的要求幫了你，醒不醒來可是你們醫生的事情。」她不滿地大叫。

「她是受害者，也是納稅人。破案當然是你們員警的職責，讓受害人康復更應該是。」我說。我心裏對她有些不滿，因為我覺得他們不但沒本事，而且還是那麼的冷漠。

「你！」她明顯地生氣了。

「隨便你吧。掛了啊，我還有事情。」不知道是怎麼的，我有些壓制不住自己的火氣。

「你等等。」她在電話裏面急忙地道，「好，我們馬上過來。馮笑，你蠻有脾氣的嘛。」她最後竟然笑了起來。

我頓時也覺得自己剛才有些過分，急忙地向她道歉。

我沒有想到的是，與她一起到醫院來的竟然會是他。錢戰，那位刑警隊的支隊長。趙夢蕾前夫自殺的事情是他經手的案子，當時他還找我調查過。後來他又找過我一次，在我與趙夢蕾剛剛結婚的時候。那次我們不歡而散。

不知道是怎麼的，我對這個人很反感，對他有著一種本能的抵觸情緒。不過，他既然已經來了，我也不好說什麼，畢竟童瑤是按照我的要求在做。

他對我倒是很熱情，「馮醫生，我們又見面了。」他朝我伸出了手來。我沒去握他的手，直接指了指陳圓的那間病房，「請吧。」

他竟然沒有尷尬，隨即笑了笑，「好，我們去病房。」

我和莊晴帶著他們進入了陳圓的病房，童瑤拉了一下我的衣服，「我們出去。讓這個小護士和錢隊長在裏面就可以了。人多了反而不好。」

錢戰朝我點頭，「馮醫生，這樣最好。」

於是我跟著童瑤出去。童瑤轉身來看著我，就在病房外邊的過道上。「馮笑，你很拽是不是？」

「你這話什麼意思？」我問道，心裏當然明白她指的是我剛才對待錢戰的態度。

她瞪了我一眼，「我還第一次看見錢隊長這麼好的脾氣。」

「他怎麼來了？」我不想和她說這個問題。

「你給我打電話的時候他正好在我身旁，他當時就答應了和我一起來。馮笑，你很有面子啊。」她回答說。

我很詫異，「你和他是什麼關係？」

我問她這個問題當然有我自己的道理：今天是週末，她怎麼會和他在一起？而且還是中午。

「他是我哥。怎麼啦？」她卻這樣回答。

我更加詫異了，「你哥？你可是姓童。」

「你傻啊？他是我姨的兒子。」她瞪了我一眼，隨即便笑了起來。我一怔，頓時也覺得自己確實夠傻的。

「我哥他覺得你這人很不錯，很敬業，所以才答應來幫你。」她又說。

「準確地講你們不是來幫我，是幫助一位公民，一位受到傷害的納稅人。」我正色地對她說。

她看了我一眼，臉上露出怪怪的笑，「馮笑，你這人一點都不好玩。對，你說得對。你放心，我不會讓你再請我吃飯了。」

這下我反倒不好意思起來，「我，我不是那個意思。」

「本來我還想問你一個問題的，算了。如果我問了，你又會覺得我俗氣了。」她搖頭道。

我苦笑，「我知道你要問我什麼問題。」

「你知道？」她詫異地問。我點頭，「你是不是想問我，是不是因為喜歡陳圓才請你們幫忙的？實話告訴你吧，我確實喜歡她，因為她曾經是那麼的美麗。其實在她出事前我只見過她一次，在那家西餐廳裏面。那天我去那裏的時候看見她在彈琴，她的琴聲、她的美麗感染了我。就那麼一次，而她卻根本就不認識我。我幫她其實只有一個原因，因為她的美麗，還因為她彈出的琴聲。她傳遞給這個世界的都是美好，但是卻遭受到如此巨大的傷害。我心裏感到很傷痛。我是婦產科醫生，讓女性健康、維護女性的美麗是我的職責。現在，一個美麗的生命正在我面前慢慢消散，我怎麼能夠不去幫她呢？」

她看著我，神情有些感動的樣子，「馮笑，你說得太好了。你是一個好醫生，同時又是一個善良的人。我很感動。」

我笑了笑，「我並不覺得自己是一個好醫生，只不過我認為自己只有這樣去做，才會讓我自己感到心安。」

她歎息，「以前我對你們醫生有誤解，現在看來，我應該改變自己以前的看法了。」

「你是對我這位婦產科的男醫生有誤解是吧？」我苦笑。

她頓時笑了起來，「是啊，我一直就想，一個男人，怎麼可以去看婦產科呢？那和……呵呵！」

她的話沒有說完全，但是我完全知道她後面沒說完的是什麼——那和流氓有什麼區別？

我沒有解釋，唯有苦笑。

「馮笑，她醒了。」這時候莊晴忽然跑了出來，她大聲地、激動地朝著我們大喊了一聲。我心裏一顫，急匆匆地朝病房跑去。

她果然醒過來了。我看見她在流淚，睫毛也在顫動，臉上不再是一片木然，她的面部隨著哭泣在抽動。但是，她的眼睛卻依然緊閉著。

「陳圓，我是你的主管醫生馮笑。這下好了，你終於醒過來了。你知道嗎？很多人都在關心你，都在盼望你能夠早點醒轉過來。」我柔聲地對她說道。

她抽泣得更厲害了。

「莊晴，麻煩你下午好好照看一下她，如果她能夠動的話，儘量讓她活動一下身體，不過不要著急，慢慢來。」我隨即去吩咐莊晴道。她連聲答應。

「馮醫生，這下你不反感我了吧？」錢戰在朝我微笑。

我很不好意思，很慚愧，「錢隊長，對不起。晚上我請你喝酒，同時向你賠罪吧。」

「好啊。一言為定啊。」他高興地道。

「我呢？明明是你先答應了我的。」童瑤在旁邊道。

「一起吧。」我看著她傻笑。現在，我心裏是真的很高興。

「馮醫生，你電話在響。」錢戰提醒我道。我這才想起下午的事情來，「錢隊長，童警官，我馬上得去辦一件事情。謝謝你們了，晚些時候我給你們打電話。」

宋梅開車在醫院的大門處等我。是一輛三菱越野車。

「你自己的車？」我問，羨慕地看。「是啊。這車差了點，將就用。」他笑著回答說。說實話，現在我知道他的情況後，總覺得有些不大舒服。

「有車一族，很不錯了。」我說。

「這算什麼？今後買賓士寶馬就靠你了。」他朝我笑。我背上頓時起了一層雞皮疙瘩，急忙轉移話題，「她醒了。」

「陳圓是吧？」他沒有發現我的異常，開著車朝前走，淡淡地問我道。

「是，謝謝你。」我說。

「別謝我。」他說，「女人有時候就這樣，心比蛇蠍還毒。」

我當然不會同意他的這個說法，「大多數女人還是很好的，壞女人只是少數。」

「常廳長交代讓你陪我一起去是吧？」他忽然地問我道。

「是啊。你怎麼知道的？」我問，心裏不再詫異，因為我知道這自然有他的推理過程。

他笑，「你不是坐上了我的車了嗎？她不這樣吩咐的話，你肯定不會陪我去的。今天你更重要的事情是留在醫院處理陳圓的事情。而且你今天好像還是門診是吧？如果單純是談生意的話，我和她直接見面就是了。」

我點頭。我發現，一旦被他說出道理來，很多事情好像就變得簡單多了，問題是我無法去想出那些其中的道理來。

「馮哥，你準備什麼時候要孩子？」他忽然又問我道。我發現他今天很奇怪，問我的問題都很跳躍，前面的問題與後面的往往沒有一點的關係。

「什麼意思？」我問，滿頭霧水。

「早點要孩子的好。不是有句話嗎？早要孩子早享福。」他說。

我默然。因為有些事情我不好對他講。而且，關於我與莊晴的事情，讓我心裏一直很忐忑。現在，我竭力地讓自己不去想這件事情。還好，他也沒說。

到民政廳辦公樓下面的時候，我給常育打了個電話，「常姐，我們到了。」

「我在辦公室裏，你給門衛講一聲就是了。我給他們打了招呼的。」她說。

果然，我們很順利地就進去了。

「今天常廳長是特意在她辦公室等我們。」在電梯裏面的時候，宋梅對我說。

「到外邊去談多好啊。」我說，心裏同時有些不解。

「這是給你面子呢。在辦公室談才正式，而且安全得多。」他說。我不懂，所以不再說什麼。

電梯上到頂樓，我和他一起朝過道裏面走去。有一間辦公室的門是開著的，我們到那裏的時候，就看見常育坐在一張寬大的辦公桌後面。

「馮笑，快請你朋友進來。」她站起來熱情地與我打招呼。

「常姐，這就是我和你提過的宋梅。」我急忙介紹道。

「常廳長，我叫宋梅。」宋梅朝常育鞠了一躬。

「呵呵！挺年輕的嘛。來，坐。我已經給你們泡好了茶。」常育客氣地道。我們坐下。常育接著對我們說：「宋老闆，你先不談事情。先聽我講。我講完後，馮笑先回去，接下來我們談具體的。」

「行，您怎麼說，我就怎麼辦就是了。」宋梅點頭哈腰地道。

常育看了他一眼，「宋老闆是聰明人，你選擇的這個專案很不錯。且不說這個專案本身的利潤，就拿專案建成後每年的管理費來說，就是一筆可觀的數字啊。假如今後建成十萬個單墓，每個墓每年收取五十元的管理費，一年就是五百萬。而且，按照常規是一次性至少收取十年的管理費，也就是說，單憑管理費這一項，你今後手上就可以掌握五千萬以上的資金。這筆資金可不是小數目，如果拿去作另外的投資的話，回報也會很可觀的。你說是不是啊，宋老闆？」

宋梅笑道：「常廳長，您是領導，說出來的話就與常人不一樣啊，一下就說到點子上了。」

「專案不錯。操作性也比較強。」常育點頭道，臉上的表情有些淡然，「我們可以合作，不過，他，」她指了指我，「我這位老弟你是怎麼考慮的？」

我大吃一驚，急忙地道：「常姐……」

常育朝我擺手，「你別說話。你聽著就是。馮笑，有些事情你不懂的。宋老闆，你是聰明人，我相信你今天來之前，早就想過這個問題了是吧？你說說。」

「常廳長真是爽快人。我當然早就考慮好了。我有兩個想法，一是先期拿出一筆現金出來，二是在股份裏面考慮一部分。常廳長，您是官場上面的人，有些事情您出面不大方便，馮哥正好可以彌補這一點。您說是不是？」宋梅笑道。

「你先期可以拿出多少現金來？在不影響你這個專案的情況下。」常育問道，神態依然淡然。

「一百萬吧，多了可能不行。」宋梅回答。

常育搖頭，「宋老闆，我發現你好像沒什麼誠心啊。未來利潤幾個億的專案，一百萬，你開玩笑是吧？」

「我說的是前期的第一筆。」宋梅急忙地道，「常廳長，說實話，目前我的實力還不夠，前期只能拿出這麼些現金來，其餘的錢我要把這個專案運轉起來。不過您放心，我宋梅絕對不會讓您失望的。」

「那好。」常育點頭，「馮笑，你先回去，接下來我與宋老闆細談。」

我站了起來，「常姐，那我走了。」

她站了起來，將我送到她辦公室外邊，「這件事情我會和他好好談。你放心，我會給你爭取到最大利益的。」她對我說。

「常姐，不用的啊。」我急忙地道。

「那你說，憑什麼我要幫他？」她問我，同時在朝我笑。

我頓時一怔，「謝謝你，常姐。」

「我終於有機會幫你了，你說是嗎？」她低聲地對我說了一句。

我猛然地一震，一種異樣的感覺頓時湧向全身。

「晚上我們一起吃飯，我告訴你今天我們談的結果。」她隨即對我說道。

我急忙地道：「今天可能不行。我答應了別人了。明天吧，可以嗎？」

她朝我笑，「你和其他人還真不一樣。這麼大的事情都不著急。行，那就明天晚上。」

從她辦公室出來，我心裏頓時激動起來。一百萬，而且還是先期的第一筆。賺錢真就這麼容易？

直接回到病房，欣喜地發現陳圓完全變了樣。她的臉色好像不再那麼憔悴，美麗似乎也在慢慢恢復。她坐在床頭，莊晴在給她餵粥。

「這麼快就回來了？」莊晴笑著問我道。

「宋梅還在那裏細談。我的任務算是完成了。」我說，隨即去看陳圓，「很好，這麼快就可以坐起來吃東西了。」

「陳圓，這是你的主管醫生。他叫馮笑。如果不是他的話，你不可能這麼快醒轉過來。」莊晴對陳圓說。

我擺手去制止她，卻聽到陳圓在輕聲地說：「我好像在夢裏聽到過你的聲音。」

我點頭，「是啊。你住院後一直昏迷不醒，我經常和你說話的。呵呵！這下好了，你終於醒了。」

「謝謝你，馮醫生。」她低聲地對我說道，輕輕去推開了莊晴手上的碗。

「你不吃了？那我先出去了。馮醫生，你和她說會兒話。對了，晚上吃飯我要和你一起去。可以嗎？」莊晴對我說。

「以後吧。」我說，在心裏歎息。因為我想到了宋梅。

她看了我一眼，黯然地出去了。

我給錢戰打了電話，他即刻地答應了。「麻煩你幫我叫一下童警官吧。我也說了要請她吃飯的。」我隨後又道。

「沒問題。」他在電話裏面笑。

我發現現在的員警都這樣，總是讓別人請他們吃飯。我不相信他們真的就那麼窮。不過我心裏雖然不高興，但是我覺得自己還是應該請他們吃這頓飯，畢竟陳圓醒轉過來了，這是一件值得慶賀的事情。

最近以來我一直在想一個問題：我是不是喜歡上陳圓了？仔細想過之後我發現答案是否定的。我完全相信自己在這件事情上的純潔，我希望的是美好的東西不至破滅。

第二章

女人真是一種奇怪的動物

女人真是一種奇怪的動物，讓人很難理解。
比如莊晴，她明知和宋梅不會有好結果，但卻情難自己。
女人的情感有時候也會讓人覺得很變態。
她們固執起來的時候真的很變態。

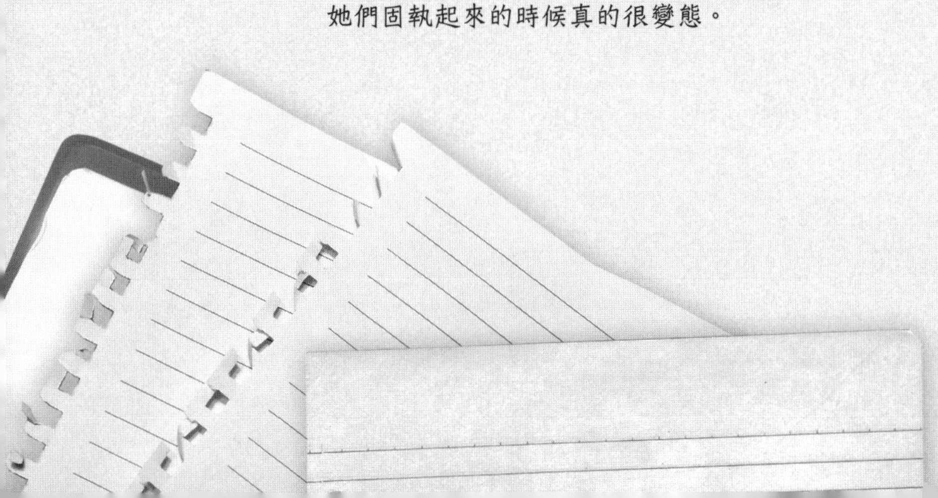

我沒有再選擇醫院對面的那家酒樓，因為酒樓的老闆太熱情了，而且我每次付錢的時候連成本都沒有付夠。這讓我很不好意思，覺得再去就是占別人便宜了。

所以我覺得做生意的人不應該這樣，因為太過熱情也會趕跑顧客的。我發現趙夢蕾就是這樣，每次我和她一起上街的時候，凡是遇到那些有人熱情邀請我們進去的地方，她都會繞道。「我覺得裏面有陷阱一樣，他們熱情得太過分了。」她說。

就我們三個人。「隨便來幾個菜，酒呢就來江南大麴吧。不要太浪費了。馮醫生，你的收入雖然不錯，但那都是你的辛苦錢啊。」錢戰對我說。

「沒事。既然請你們的話，總不能太差吧？」我說，心裏頓時有了一絲感動。

「今天我請客吧。上次你結了帳，連一口菜都沒吃就跑了。我很不好意思。今天我請客，把上次我欠你的那頓飯補上。」童瑤笑著說。

「你們兩個，這不是逼我請客嗎？行，我請。好啦，這件事情就別爭了啊，就這麼定了。」錢戰大笑著說。

「不是說好了的嗎……」我說，錢戰卻隨即打斷了我的話，「別說了，我請！而且今天我還有事情想要麻煩你呢，馮醫生。」

「什麼事情？」我問道。

「陳圓的案子，究竟是誰提供的資訊？」他問。他的臉上已經不再有笑臉，很嚴肅。

「我不是說了嗎？我找的私家偵探。」我說，心裏頓時忐忑起來。

「馮醫生，你不要再騙我們了。我已經調查了我們江南省城所有的私家偵探社，可是他們都說不知道這件事情。呵呵！私家偵探社必須到我們公安機關登記註冊，他們不會在我面前說假話的。而且，至今我還沒有發現哪家偵探社有這麼大的本事。」錢戰搖頭說道。

「現在案子已經破了，而且人家在破案的過程中並沒有違法的事情出現，錢隊長，你們幹嘛要問那麼清楚呢？」我說。

「好，我不問了。來，我們喝酒。」錢戰笑著說。三個人一起將酒喝下。

一會兒後童瑤朝我舉杯，「馮醫生，你是我見過最好的醫生之一，我說的不是你的醫術，而是你的敬業。來，我敬你一杯。」

我被她表揚得有些不大好意思，只好趕快舉起酒杯然後與她一起將酒喝下。就這樣先聊著，不多久我們就喝完了一瓶。

「今天我高興，我們再喝一瓶吧？」錢戰對我說。我不好掃他的興，隨即點頭答應。

第二瓶要喝完的時候我已經有些醉意了，人也變得興奮起來，嘴裏的話慢慢地多了，開始主動舉杯頻頻地去敬他們兩位。

接下來錢戰反過來敬我，「馮醫生，你的職業是醫生，是幫助病人消除人體身上的疾病。假如某個病人患上了某種疾病，但是你們這種正規醫院卻治療不好，在這種情況下如果你們聽說有一位鄉村土醫生可以治療。馮醫生，你會怎麼去做？」

我頓時沉默，因為我完全明白他話中的意思。

「其實我們的職業和你的差不多，你們當醫生的是要消除人體的疾病，而我們要消除的卻是社會的毒瘤。所以馮醫生，我很希望你能夠幫助我們。現在，我們手上積壓了大量沒有破的案子，很多受害人都還在等待著我們儘快抓住罪犯。可是我們辦不到啊。說起來真是慚愧，因為我們的能力太有限了。馮醫生，如果你能夠告訴我們這個破案能手是誰的話，那些受害者不就可以像陳圓一樣欣慰了嗎？你是一位有道德的好醫生，但我們希望你能更無私一些，更博愛一些。」錢戰繼續說道。

我覺得他說的很有道理，但因為我對宋梅有過承諾，所以我覺得自己很為難。

「或許可以採取一種特別的方式。比如，你們把案卷交給我，然後我交給對方處理。等有了結果後我再告訴給你們。錢隊長，不是因為其他，而是我答應過對方要替他保密。我雖然是一個小醫生，但為人的基本準則我還是知道的。我不能失信於人家。」我說。

「馮笑，你以為破案是辦家家酒啊？很多案件是保密的。」童瑤說道。

她的話讓我感到很是不悅，「既然如此，像我們這種人就應該遠離啊？呵呵！我發現現在很多事情很奇怪，有些人把能夠掌握國家機密當成一種榮耀。可惜，有用嗎？整天抱著那些秘密案卷一事無成，有用嗎？」

「你！」童瑤頓時大怒。

「好啦，好啦。」錢戰道，「既然馮醫生不願意說，那就算了吧。不過我覺得馮醫生的辦法倒是很可行的。來，馮醫生，我敬你一杯。」

後面的酒就喝得不那麼愉快了，第二瓶還沒有喝完，我就要求結束。童瑤不理我。錢戰歎息著答應了。

從酒樓出來後，我一直在想錢戰的那一番話，覺得他說的確實很有道理。不過我覺得這件事情首先還是要取得宋梅的同意才可以。

我不想直接給他打電話。自從上次他透露出他知道我與莊晴的關係後，我就不想再見到他了，與他一起去常育那裏只是一種無奈。

想了想，我還是給莊晴打了個電話。

「什麼事情？」她問，聲音冷冷的。我當然知道她這種態度是因為我今天沒帶她一起去吃飯的緣故。「莊晴，別這樣啊。現在看來，今天不讓你去是對的。你知道今天那兩個員警對我提出了什麼要求嗎？我告訴你啊，他們竟然要我說出是誰向我提供關於陳圓案件的資訊。」我急忙地對她道。

「你怎麼說的？」她的態度似乎好了些。

「我肯定不會告訴他們啊。這件事情我答應過宋梅不告訴別人的。」我說。

「那你給我打這個電話是什麼意思？」她問。

「沒什麼意思。就是想給你講一聲這件事情。」我說。

「你現在在什麼地方？」她又問。

我猛然地覺得她的這句問話對我有著一種特別的含義，而且讓我忽然有了一種意動，我的內心開始在掙扎，「在回家的路上。」我說。

電話被她壓斷了。我在心裏歎息。

患有褥瘡的病人，只要能夠活動了就會恢復得很快。陳圓自從醒轉過來後，情況便開始迅速好轉起來。雖然她的臉色依然蒼白，但是她的美麗已經再現。然而，褥瘡卻給她的軀體留下了一些疤痕。我覺得這些都不重要，現在我最關心的是她內心的傷痛不知道什麼時候能夠完全痊癒。

她的眼神依然顯得有些散亂。認得眼睛非常重要，它是心靈的窗戶，一雙靈動或者充滿智慧的雙眼可以讓一個人真正地鮮活起來。而現在的陳圓，她的眼神卻是散亂的，她的美麗雖然在慢慢地恢復，但卻讓人感覺她僅僅是一個沒有多少靈魂的軀體。

她對沒有穿白大衣的所有女性都排斥。每次走出病房上廁所時看見其他病人，都會嚇得全身發抖。我很替她擔心。

那次與錢戰和童瑤一起吃過飯後，我又去找過童瑤一次。從她那裏我知道了傷害陳圓的那個女人的基本情況。那個叫朱暗玉的女人是美院的一名講師，年齡不到三十歲。一次她去那家西餐廳吃飯的時候看見了陳圓，頓時便喜歡上了她。

朱暗玉本來就不是一個正常的人，她是一個標準的同性戀者。但是陳圓卻不知道。女性對自己的同類不會有多少防範心理，對於從小缺少家庭溫暖的陳圓來講更是如此。

不多久朱暗玉就取得了陳圓的信任。兩個人開始親密交往。後來，陳圓發現了朱暗玉的問題，因為她受到了朱暗玉不止一次的那方面的騷擾。於是她便開始迴避與其接觸。

朱暗玉多次去找她，但是都被拒絕了，於是便採取了慘無人道的報復措施。

「她是那麼的漂亮，我得不到，也不能讓那些臭男人得到她。」這是童瑤向我轉述朱暗玉這句歇斯底里的話。

我很震驚，也很憤怒，因為我想不到一個女人竟然可以變態到如此的程度。所以，每當我看到陳圓散亂眼神的時候，唯有在心裏暗暗地歎息。每天我查房的時候，都要在她的病房裏面多待一會兒。

今天，她背部最後一個褥瘡的痂剛剛脫落，看著她那處新長出的淡紅色的肉，我長長地舒了一口氣。

「陳圓，這下好了，你的身體完全康復了。」我高興地對她說。她沒有反應。我已經習慣了她這種沒有反應的狀態，「陳圓，想不想出去走走？想的話，我帶你出去走走？」我又問她。

今天晚上是我的夜班，明天我休息。

她看了我一眼。真的，她真的來看了我一眼！她的眼神是那麼的清澈，她的這一眼讓我的全身不自主地震顫了一下。「怎麼樣？我們可以上山去，也可以去郊外的江邊看輪船。只要你喜歡，哪裏都可以。」我又說道。

然而，她的眼神卻再次黯淡下去，她留給我的那一抹光輝僅僅閃爍了一瞬間。

「今天晚上我上夜班，你想好了告訴我。哦，對了，晚上我再來和你說會兒話。」我說，心裏在歎息，隨即朝病房外邊走去。「我……」猛然地，我聽見身後傳來了她的聲音，很細微。

我大喜，急忙地轉身。沒有人能夠懂得我這一刻內心的激動。我看著她，滿眼的熱切。「陳圓，可以嗎？明天我正好休息。」

「我……」她說，眼睛在看我，但是卻沒有了剛才那一刻的光彩。我朝她微笑，「我知道了，明天我帶你出去。」

「我……」她發出的還是這一個字，但是，她的眼角卻有晶瑩的淚珠在滴落。

我很高興，也很激動，因為她現在的狀況給了我一個資訊：她很清醒，她感受到了我給予她的這種溫暖。現在，她最需要的就是溫暖。更重要的是，她必須接納這種溫暖，只有她接納了，她才可以得到完全的復甦，她的美麗才會完全地綻放。

我朝她走了過去，我的眼神很溫柔，很溫暖，這不是做作，是自然的流露。我的雙手在展開準備去將她擁抱，輕輕地擁抱。她沒有害怕，她在看著我。

我擁抱住了她，輕輕的，「陳圓，把我當做你的哥哥吧，我會好好呵護你，讓你不再感到害怕。你是那麼的漂亮，你的靈魂是那麼的純潔，你依然像公主一樣的高貴。你可以去當老師，可以去更好的地方演奏，讓更多的人感受到你音樂的美。陳圓，你願意做我的小妹妹嗎？」我在她耳邊輕聲地說道，聲音有些哽咽。

她開始在哭泣，開始的時候聲音「嚶嚶」的，一會兒過後就變成了嚎啕地哭。

我就這樣輕輕地擁抱著她，讓她盡情地哭泣。我很高興，很高興，因為她終於大聲地痛哭了出來。我早就希望她能夠這樣，希望她能夠這樣將她內心深處的恐懼、痛苦、還有悲傷全部地傾瀉出去。

不知道過了多久，她的哭泣終於停止了下來。我心裏忽然有了一個主意，「陳圓，我帶你出去吃飯好不好？」

她沒有回答，一會兒後我的肩膀感覺到她在點頭。我鬆開了她，發現她的臉上沾滿了淚水。從衣兜裏摸出餐巾紙去給她的臉輕輕地揩拭，「多漂亮的小姑娘啊，別哭了啊。」我柔聲地對她說。

她朝我燦爛地一笑。

我欣喜若狂，「啊，你笑了，你終於笑了！你看，這多漂亮啊。太好了！陳圓，你先換衣服，我回辦公室去辦點事，我們馬上一起出去吃飯。」她朝我點頭。

沒有人能體會到我剛才那種欣喜的心情。也許很多人覺得我的這種心情有些不可思議，或者心存不良，但是我自己知道，我是真的很高興，真的在替她高興。

在路過護士站的時候碰見了莊晴，還有護士長。我難以抑制自己激動的心情，

「她哭了，她笑了！」

「誰哭了？誰又笑了？」護士長像看見怪物一樣地看著我問道。莊晴也在詫異地看著我。

「陳圓啊。她完全醒轉過來了。」我激動地道，急忙去問護士長：「明天誰夜班？我今天要和她換。我要帶她出去吃飯。」

「這樣不好吧？萬一病人出了事情怎麼辦？」護士長提醒我道。

「我陪他們一起出去吧。這也算是一種治療是不是？」旁邊的莊晴說道。

我急忙地點頭，「對，這也算是一種治療。」

「你準備去哪裏吃飯？」在去往陳圓病房的過道上，莊晴問我。

「我想找一家有鋼琴彈奏的地方。」我想了想後說。雖然我不懂音樂，但是我覺得陳圓彈出的曲子很好聽，雖然我僅僅聽過一次，時間還不長，但是我感覺得到陳圓是很用心在彈那首曲子的。用心，這就說明她很熱愛啊。所以，我想帶她回到那樣的環境中，讓她重新恢復對現實生活的希望。

莊晴看了我一眼，「想不到你這人蠻心細的。這樣，我問問宋梅。他去過的地方多。」

我點頭。不過，我心裏覺得怪怪的：現在，我們三個人的關係真的很奇怪，奇怪得讓我感覺到匪夷所思。

莊晴打完電話後朝我怪怪地笑。「你幹嘛這樣看著我？」我心裏有些不安。

她卻忽然笑了起來，「馮笑，你身上帶了多少錢？」

我莫名其妙，「你這話什麼意思？」

「宋梅說一家五星級酒店有鋼琴彈奏，那裏可不便宜哦！」她歪著頭在看我。

「只要不喝酒，不吃海鮮，能花多少錢？最多每個人一千塊吧？沒事，走吧。現金不夠的話，我不是還有銀行卡嗎？」我頓時鬆了一口氣。

「大款就是不一樣啊。」她笑。

我哭笑不得，「我算是什麼大款？你的宋梅才是。」

讓我想不到的是，她的神情卻頓時黯然了下來，「掙那麼多錢又有什麼用處呢？多了就如同一堆紙一樣。」

「也是啊。」我這才發現自己觸及到了她的敏感之處，急忙地道：「走吧，我們馬上去。」

富麗堂皇的五星級酒店三樓的大廳。這是這家酒店的酒樓。我們剛剛進入的時候就聽到了歡快的鋼琴聲。是的，我感覺到了正在彈奏的這首曲子的歡快，因為我聽到的音符是如此的輕鬆，而我的身體在這種音符的作用下頓時有了一種躍躍欲動的衝動。

「這裏的環境確實不錯。我喜歡。」莊晴說。我去看陳圓，發現她站在大廳的門口處呆立在那裏，「陳圓……」我叫了她一聲，隨即怔住了，因為我發現她的雙眼在閃爍著淚花。

「陳圓，走，我們去吃飯。」我看著她、柔聲地對她說道。

她緩緩地邁動了腳步。隨後我們去到了一張餐桌處。在去往餐桌的過程中，陳圓不住地轉身去朝那架鋼琴的位置看。

今天到這裏來，看來是選對地方了。我心裏高興地想道。

「陳圓，想吃什麼？」坐下後我問她道，忽然覺得自己有些偏心，「對了，莊晴，你想吃什麼自己點好了，別考慮錢的問題。」

陳圓卻一直在朝那架鋼琴的地方看，根本就沒有聽見我對她說話。莊晴看了她一眼，接過菜單，「我來點吧。」

我點頭，隨即站了起來，「莊晴，你看著她，我去一趟。」

「你幹嘛？」她問。

「一會兒你就知道了。」我說，隨即朝那架鋼琴處走去。

五星級酒店這樣的地方就是與一般的酒店不一樣，因為來這裏吃飯的人素質大多比較高，整個餐廳裏面人們說話的聲音很小。正因為如此，從鋼琴處傳來的音符才得以飄盪到大廳的每一個角落。

彈鋼琴的是一個女孩子，與陳圓差不多年紀，不過相貌很平常。她的手指依然修長，它們非常靈動地在鍵盤上劃動，隨著她修長手指的劃動，音符歡快地跳躍而出。站在這裏，我頓時為難起來：因為我忽然發現自己不能去打攪正在彈琴的她。如果因為我而讓歡快的音符停止跳躍的話，豈不是太煞風景了？

想了想，我去找到了這家酒樓的大堂經理。還好，經理是一位女性。

我始終認為女性有著和男人不一樣的優點，那就是她們大多富有同情心。我們科室的護士們對病人經常惡語相向，那只不過是因為對職業的一種厭惡罷了。我相信她們在日常生活中，一樣有著女性最根本的慈善心腸。

「你好。我想麻煩你一件事情。」我對大堂經理說。她穿著藏青色的職業裝，顯得莊重大方。她在朝我微笑，「請問先生有什麼事情嗎？」

「請問，你們這裏的鋼琴可以讓我朋友彈一會兒嗎？」我問道。

她依然微笑，不過回答卻是否定的，「對不起，先生。我們這裏的鋼琴是請專業人士彈奏，目的是為了讓就餐的顧客能夠有一種輕鬆的就餐環境。很抱歉，您的要求我們不能答應。」

我點頭，「是這樣，我這位朋友也是一位專業的鋼琴演奏者。不過前段時間因為意外受到了傷害，正在我們醫院住院。哦，忘記告訴你了。我是她的醫生。今天我特地帶她到你們這裏來吃飯，因為她以前是在一家西餐廳彈奏鋼琴的。我本來想讓她來感受一下你們這裏的環境和氛圍，以此幫助她儘快恢復。可是我卻發現她一直在看著你們鋼琴的地方。所以，我才非常冒昧地來向你提出這個請求。」

「我知道了。不過，正因為您的那位朋友是病人，我就更不放心了。您看，在我們這裏就餐的可都是很有身分的人，如果您那朋友彈出的琴聲嚇跑了這裏的客人的話，我可負不起這個責任啊。」她搖頭說道。

「對不起。」我覺得很遺憾，轉身準備離開。「先生。」大堂經理忽然叫了我一聲，「可以問問您嗎？您是哪所醫院的？」

我告訴了她。

「您是哪個科室的？」她又問。

「婦產科。」我回答。

她一怔，隨即詫異地看著我。我朝她微笑。現在我早已經習慣別人用這樣的眼神看待我的職業了，「謝謝你。」我對她說。這聲「謝謝」僅僅是出於禮貌。

「請問您貴姓？」她卻繼續在問我。「我叫馮笑。」我回答。

「馮先生，那麼，您能夠確定您的那位病人可以正常彈琴嗎？」她又問。

這下我猛然地怔住了。剛才我到這裏來找她完全是興之所至，同時也是一種衝動，根本就沒有去想過這樣一個問題。現在聽她忽然問到我這個問題的時候，我才感覺到自己有些唐突了。「這……」我說，心裏猛然想起陳圓剛才那種對鋼琴的癡迷狀態，信心頓時大漲，「應該沒有問題的。不，肯定沒問題。」

「那好，我答應您了。算是我們今天交個朋友吧。」她笑吟吟地對我道，隨即給了我一張她的名片。我接了過來，「對不起，我沒名片。這樣吧，我把我的電話寫給你。」

回到我們的座位，我看著陳圓笑，「陳圓，你想去彈鋼琴嗎？」

「我？」她睜大眼睛看著我，一副完全不相信的樣子。我朝她點頭，「剛才我去跟這裏的經理講好了。如果你想去彈琴的話，她馬上安排。」

「真的？謝謝你，馮醫生。」她頓時激動起來。

莊晴看著我，滿眼的柔情。

我帶著陳圓去到了大堂經理那裏。「哇！好漂亮的女孩子！」大堂經理發出了由衷的讚歎聲。我心裏暗自好笑：原來女人對同性也很欣賞啊。

「胡經理，麻煩你安排一下吧。她只彈奏一曲。我們還沒吃飯呢。」我笑著對大堂經理說。剛才我看見她名片上的名字叫胡雪靜。

「行，跟我來吧。」她點頭微笑道。我很欣慰，因為胡雪靜並沒有問陳圓準備彈奏什麼曲子，也沒有問她是否有信心彈奏得好。由此看來這位大堂經理是真心想結交我這位朋友了，而且深諳為人之道。同時我還想道：她可能想找我幫忙。因為我是婦產科醫生，她是女性。

胡雪靜帶著我們去到那架鋼琴處，她彎腰去低聲地對那位正在彈奏的女孩說了一句話，隨後站到了我們身旁來。

那個女孩的彈奏沒有戛然而止，她輕輕地舒展著她修長的手指，在彈奏出一連串的音符後，才緩緩地讓音樂放慢了下來，然後緩緩地停下。她站了起來，隨即來看我們。

「去吧。」我對陳圓說。

她看著我，朝我微微點了點頭，緩緩地朝那架鋼琴走去。

她緩緩地坐下，雙手在鋼琴的鍵盤上輕輕地撫摸，然後閉眼……一串音符開始跳躍而出。「咦！」我聽到剛才彈奏鋼琴的女孩發出了驚訝的聲音。我去看她，發現她正驚訝地在看著陳圓在鍵盤上的那雙靈動的手。

樂曲輕緩而歡快，就是那次我在那家西餐廳曾經聽過的那首曲子。但卻又覺得好像有些不大一樣。

我完全被陳圓彈奏出來的音符抓住了，情緒和思緒也完全地進入到了她創造出來的世界裏面。我彷彿看到了，看到了在一條清澈透底的小河邊，小河邊是一片一望無際的花海，一襲白色長裙的她正歡快地在那片花海裏面歡快地奔跑。蝴蝶翩翩，它們在跟隨著她起舞。她在歡快地奔跑，來到了小河邊，捧起一掬清澈的水。小河的魚兒在跳躍……

我不知道自己的腦海裏面為什麼會忽然出現這樣的畫面，但它們卻清晰地來到了我的腦海裏面，讓我感覺到是那麼的真切。她彈奏出來的音符如同流水般地在飄盪，讓我的眼前頓時浮現出了一滴滴晶瑩的像淚珠一般的水滴。不，它們就是淚珠，她的淚珠。它們好晶瑩……

我不知道她的彈奏是什麼時候結束的，因為我是在聽到大廳裏面驟然地響起掌聲的時候才清醒了過來。

陳圓緩緩地站了起來，她看著我，滿臉的羞意。不知道什麼時候莊晴也來到了這個地方，「太好聽了。」她讚歎道。

「馮醫生，謝謝你。」大堂經理滿臉是笑地對我說。「應該我謝謝你。」我真誠地對她道。

「你們坐在哪裏？」她問。

我指了指大概的地方。她朝我點了點頭，隨即去對她身旁的服務員吩咐了一句什麼。

「陳圓，你彈得太棒了。」我們三個人坐下後，我由衷地讚歎道。

「你聽出我彈奏的是什麼嗎？」她問我。

我苦笑，「我哪裏懂這個啊？我就覺得你彈出的聲音太好聽了。而且還把我帶入了一個美麗的畫面裏去。那裏有小溪，有花海，還有蝴蝶和漂亮的魚兒。呵呵！反正感覺太美了。」

她詫異地看著我，「你真的感覺到了那些畫面？」

我頓時感到慚愧萬分，「我真的不懂，就是覺得好聽。」

「你懂的，你完全聽懂了的。」她喃喃地道。

「我也感覺到了那樣的畫面。不過，最後的時候我覺得好像有點悲戚，聽得我都差點流淚了。」莊晴忽然地說。

「對，我好像看到了眼淚。」我急忙地道，頓時發現自己失口了，「莊晴，算了，我們兩個就不要再說了，班門弄斧呢。」

這時候服務員開始上菜。

「咦？好像搞錯了吧？這不是我們點的菜啊？」莊晴詫異地看著桌上的菜說道。

我這才發現桌上的菜品有些高檔，而且非常的精緻。

「是這樣的，我們胡經理說今天她請客。這些菜也是胡經理親自安排的。還有這瓶紅酒也是。」服務員微笑著回答道。

「是這樣的，對不起，我沒有事先徵求你們的意見。」這時候那位大堂經理過來了，她笑吟吟地對我說道。

「這怎麼好意思？」我覺得有些不好意思。

「馮醫生，我可以坐下和你們一起吃飯嗎？」胡經理笑道，「我們一起吃飯，然後我請客。這樣你就可以接受了是吧？」

「歡迎啊。我得感謝你呢，因為是你答應讓小陳去彈琴的。所以這頓飯還是應該我來請。」我說。

「我知道你們當醫生的有錢。不過這只是我的一點小意思。馮醫生，這個面子你總得給我吧？」她坐下了，笑著對我說道。我不好再說什麼。不過我估計她肯定還有什麼事情要對我講。

「馮醫生，這兩位美女怎麼稱呼？」她首先問道。

「哦，這是我們科室的護士莊晴，這是小陳。」我介紹道。

「當婦產科醫生真好，身邊全是美女。」她笑道，「呵呵！我開玩笑的啊，不過小陳的琴彈得可真不錯。小陳，怎麼樣？有沒有興趣到我們這裏來工作？」

陳圓來看我，我知道她這是在徵求我的意見，這也說明她本人是願意的。不過我覺得這裏面好像不大合適，因為這裏畢竟只是一個吃飯的地方，它再是五星級酒店，但仍然只是一個吃飯的地方。所以我覺得陳圓到這地方來彈琴太可惜了。

「她還在住院，這事情以後再說吧。」我委婉地拒絕了。

胡經理在點頭，「這倒是。不過我可以問問嗎？小陳在什麼地方工作？」

這個情況我卻不知道了，於是去問陳圓：「你以前除了在那家西餐廳彈琴之外，正式的工作是什麼？」

她搖頭，「我只是在那裏彈琴。」聽她說了之後我頓時覺得自己很笨：她有時候白天去那裏彈琴，有時候卻是晚上，她怎麼可能還會在其他地方上班呢？

胡經理的臉上堆滿了笑，「以前那家西餐廳給你的待遇是多少？」

陳圓有些扭捏，「每天五十塊錢。」

「太低了！」胡經理道，「這樣，你到我們這裏來的話，每天兩百。中午兩個小時，晚上三個小時。怎麼樣？」

陳圓張大著嘴巴看著她，驚訝的神情。胡經理朝她點了點頭，隨即來問我：「馮醫生，你覺得呢？」

我從剛才陳圓的表情上發現她對胡經理開出的價位感到很吃驚，說到底就是一種驚喜。我當然知道她的那個表情代表的是非常的滿意。於是我想：她獨自一個人在這個城市生活，也是需要金錢去維持的啊。而且，她是那麼的喜歡音樂。由此，我覺得自己曾經對她今後工作的打算，反而顯得不是那麼的現實了。

「這得看她自己的想法，我不好說什麼。」我說。

「太好了。」胡經理去看著陳圓，「小陳，你的意思呢？」

陳圓卻來看著我，「我聽馮醫生的。」

「別聽他的，聽我的吧。我覺得可以。這麼高的收入，比我還高。我每天工作八個小時，還經常上夜班，如果我會彈琴的話，我也願意來呢。」莊晴忽然說道。

我頓時笑了起來，「我也覺得不錯。」

胡經理很高興的樣子，「那就這樣定了。小陳什麼時候可以出院？」

「就最近吧。」我說，「她已經恢復得差不多了。」

飯吃完後胡經理堅決不准我結賬。「馮醫生，還有件事我想麻煩你。」她說。

我心裏早有準備，「你說。」

「小事情，我媽媽最近準備到你們醫院檢查一下身體，到時候可能還得麻煩你。」她說。我頓時鬆了一口氣，心裏想道：原來是這麼件小事情。「沒問題，你隨時給我打電話就是。對了胡經理，我想單獨和你談點事情。」

「好，去我辦公室吧。」她朝我微笑道。

「莊晴，你先帶小陳回去。」我隨即吩咐莊晴道。

「不，我要等你一起回去。」陳圓卻這樣對我說道。我憐愛地看著她，「好吧，你們在這裏坐一會兒。」

我想和胡經理談談，談談陳圓的事情。

胡經理的辦公室不大，但是感覺很溫馨。女性就是不一樣，她們總是把自己工作、生活的環境搞得乾淨舒服。

「請坐。」她熱情地對我道。我搖頭，「不坐了。我只是想給你說說小陳的事情。小陳的具體情況我不能給你多講，因為我是婦產科醫生，這涉及到她的隱私。不過我必須告訴你的是，她曾經受到過很大的傷害。所以，如果她真的要到你這裏來工作的話，希望你能夠多照顧一下她。可以這樣說，直到現在為止，她的心理都還非常的脆弱，所以我有些擔心。」

「那這樣，今後就讓她住在我們這裏，這樣我也好照顧她。你看行不行？」她沉吟片刻後，問我道。

「太好了，謝謝你。」我說。

「她僅僅是你的病人？」她問我道，臉上飄過一絲奇怪的笑。我當然知道她那一絲奇怪的笑是什麼意思。這很正常。現在的社會很現實，人們看任何一個人做事情，首先想到的是不是有什麼利益關係。

「是，她僅僅是我的病人。」我說，「但是她的遭遇太悲慘了，所以我很同情她。在我心裏，我已經把她當成了我的小妹妹在看待了。胡經理，謝謝你給她這份工作，不過我更需要感謝你的是今後對她多一些照顧。拜託了。」

「你別謝我，我是覺得她的琴彈得太好了。人們到我們這裏來吃飯，是衝著我們的環境來的。剛才的情況你也看見了，這還是第一次有那麼多的人因為我們這裏的音樂鼓掌。所以，我也是為了酒店的利益才想到請她來我們這裏上班。呵呵！我可是實話實說。」她笑道。

我很喜歡她的這個實話實說，因為她的話讓我感到了放心。我承認自己比較單純，所以我總是用最簡單的辦法去看待別人：那種虛滑的人我會注意，但對誠實的人我也將用誠實去對待他。在我這些年的經歷中，我發現這個辦法很有效。

「決定了？」從胡經理的辦公室出去後，我問陳圓。

她的眼神有些飄逸，「我其他的事都不會做啊？只會彈琴，也很喜歡彈琴。」

我點頭。

在回病房的路上，莊晴接到了一個電話。「我和馮醫生還有一個病人剛吃完了飯，正準備回病房。」我聽到她對著電話在說。很明顯，這個電話是宋梅打來的。

「我問問他。」莊晴繼續在說，隨即來看了我一眼。我心裏猛然地緊張了起來：又要找我？什麼事情？

她壓斷了電話，「他問你現在空不空？」

「誰？」我假裝不知道。

「宋梅。他問你現在有沒有時間和他一起喝茶。」她說，聲音很細小。

我很猶豫。我發現自己現在從心裏面有些害怕宋梅這個人。因為他的聰明，還因為他與常人的不同。但是，我發現莊晴看我的目光裏面有著一種懇求，所以，我答應了，「我們把小陳送回到病房後再說吧。這樣，我們醫院對面不是有家茶樓嗎？你跟他說，我就在那裏等他。」

她向我投來了感激的眼神，隨即去打電話。

我與莊晴一起將陳圓送回到了病房，然後朝醫院外邊而去。「你等等，我和你一起去。」身後傳來了莊晴的聲音。我站住了，因為我估計這是宋梅要求她和我一起去那裏。

「莊晴，你覺得自己這樣對他付出，值得嗎？」開始的時候我們倆沒有什麼話，但是走出一段距離後，我還是忍不住地問了她一句。因為我覺得她的這種愛情也是一種可憐。

「馮笑，你別問了。我實在是放不下他。雖然他那樣，但是我還是想和他在一起，也想盡力地去幫他。或許，我能夠替他做些事情的話，他會改變對我的態度的。」她幽幽地說道。

「他的問題不是態度的問題啊？是心理上的問題。他這樣的問題可是很難解決的。你應該很清楚啊，你怎麼這麼傻呢？」我頓時激動了起來，隨即便發現自己的這種激動有些過分，於是冷靜了一會兒後又對她說道：「莊晴，你不要誤會。我有個觀點，我覺得任何人都沒有權利去干涉別人的生活方式，包括像宋梅那樣的情況。但是作為你，你是正常的啊？你何苦呢？」

「我願意。」她低聲地道。

我一怔，隨即長長地歎息了一聲。我覺得女人真是一種奇怪的動物，她們有時候讓人很難理解。比如莊晴，她明明知道自己與宋梅不會有一種好結果，但是卻情難自己。所以我覺得女人的情感有時候會讓人覺得很變態。她們固執起來的時候真的很變態。

我與莊晴去到茶樓的時候，發現宋梅已經在那裏了。他訂了一個雅間，已經泡好了茶，給我泡的是一杯龍井，給莊晴的是菊花茶。我在他對面的籐椅上坐了下來，「什麼事情？這麼著急？」

「沒事，就是想找你隨便聊聊。」他笑著說，很休閒的樣子，隨即問我道：「常廳長最近與你聯繫過沒有？」

我搖頭，「就是那天我們一起去她那裏後的第二天晚上，我和她一起吃了頓飯，她簡單地給我講了你們交談的情況。你是知道的，我對這樣的事情不大感興趣，所以我並沒有深入地問她這些事情。」

他點頭，「那天我與常廳長談得很不錯。包括合作方式、選址、股權等等，這些問題我們基本上都達成了一致的意見。經過協商，你和常廳長一共占百分之二十的股份，但你們不出資，而且這筆股份由你掌握。因為她是官員，所以不方便出面。你和她的這百分之二十，由你和她商量後分配。」

我點頭，「抽空我最近去找她一次。」我相信，他今天這麼急把我找來，絕不只是為了喝茶和聊天。不過我耐心在等著他說出他的意圖。

上次他其實已經給我交了個底，我與莊晴的事情他並不計較。對於這件事情來講，我現在已經不再感到惶恐，因為宋梅他不是一般意義上的男人。所以，我心裏也就沒有了那麼多的緊張。男人其實有時候很奇怪，當他們喜歡某個女人的時候會無所顧忌地想去得到她，可是一旦感覺到危險後，便會非常自私地離開。

那天宋梅告訴我，他知道了我與莊晴的關係後，我的第一個想法就是這樣：再也不與莊晴接觸了。但是現在，當我發現一切危險都已經過去了的時候，心中對莊晴的那種浮想便又開始蕩漾起來。說到底，這其實就是一種自私，男人特有的一種自私。

「我就是想問你最近去找過她沒有。幸好你沒去。呵呵！今天我就是想和你談一件非常重要的事情。」他終於說出了他的真實意圖。

「哦？你請講。」我淡淡地道。這個人太聰明，我不想去猜測他究竟要對我說什麼。在這樣的人面前最簡單的辦法就是等待，等待他自己說出來。

「馮哥，我確實很想把這個專案做起來。你也知道，如果這個專案做好了的話我可以少奮鬥十年甚至二十年，或許很多人一輩子也碰不到這麼好的專案呢。但是，要做好這個專案太難了，現在雖然完成了最根本的一步，那就是得到了常廳長的支持。但是接下來還有很多事情要做，而且都是非常具體的事情。

「首先我得到香港區請一位風水大師來幫我進一步選址。呵呵！不是我不相信內地的那些風水大師，按道理上來講，內地的風水大師要價便宜，而且水準也並不比香港的差。可是，香港那邊的風水大師名氣大啊，他們出面後產生的廣告效應可是非同尋常的。你知道嗎？去請那樣的風水大師得花多少錢？」他說到這裏的時候問我道。

「多少？」我問，心想最多也不過二三十萬吧？

「五百萬！」他說，「風水大師首先得坐直升機在這座城市的上空看一圈，初步確定方位後，再到實地去看具體的情況，然後才開始進行具體的佈局設計。什麼地方需要菩薩的雕像，什麼位置挖水塘，反正我也不大懂，就是按照陰陽五行的那些辦法，佈局整個陵園的風水。」

我不禁被他剛才的那番描述給吸引了過去，「這麼複雜？」

他歎息，「高額的利潤可不是那麼好賺到的。很多人只看見有人賺大錢，但是卻並沒有看到別人在賺錢之前花費的那些功夫。馮哥，這個專案的投資那麼巨大，前期的宣傳、今後的設計和未來陵園建成後的整體形象非常重要，這關係到今後整個陵園墓穴的銷售。修好了賣不出去，那就與荒山野嶺沒有什麼分別，等待我的就只有一條路，那就是破產。」

「我明白了。」我點頭，「你們做生意的確實很不容易啊。不過我不明白，你告訴我這些事情，究竟是想對我說什麼呢？」

我完全相信他說了這麼一通的目的，絕不是向我介紹陵園的建設方式。我是醫生，不可能去具體參與這件事情，所以我根本沒有必要去瞭解那麼多。但是我實在不知道他究竟要告訴我什麼事情，所以我忍不住開始問他了。

「你別急，聽我慢慢說完。哦，對了莊晴，我身上的煙抽完了，你去外邊給我拿一包來。軟中華，這是錢。茶樓裏面的煙很多都是假的，而且價格還很貴。對了，你要去正規商場買啊。」他從錢夾裏掏出一百元錢遞給了莊晴，同時吩咐道。

很明顯，他是想把她支開。

我沒有說什麼，看著莊晴離開後，然後再去看著他，「說吧，既然你要把她支開，開始就不應該叫她來的。宋梅，我還真不明白你，既然你並不喜歡她，為什麼不早點提出和她分手呢？」在他面前，我只能假裝不知道莊晴告訴我的那個事實。

「我正想和你談談這件事情呢。」他朝我笑道，「剛才我說到什麼地方了？哦對了，我說到了陵園今後需要辦的那些事情。馮哥，你想想，陵園的土地徵用需要幾千萬，看風水、設計、還有今後的建設都需要大量的資金。但是我現在確實很困難，我恨不得能夠把我手上的錢掰成兩半用。這個專案對我太重要了，我不想因為資金鏈的斷裂，而造成功虧一簣的後果。」

我頓時明白了，即刻地打斷了他的話，「宋梅，有些事情不是我可以作主的。那一百萬是常廳長提出來的，那裏面應該還有常廳長的部分。我完全可以體諒你的難處，不過我無能為力。說實話，我並沒有希望自己在這裏面得到什麼好處，而且我也非常明確地告訴你，當初我答應幫你完全是因為莊晴的緣故，同時還有我心裏對你的內疚。現在，我對你沒有什麼內疚了，因為我發現你其實並不喜歡莊晴。最近好幾次莊晴都來告訴我說讓我幫你，所以我才這麼盡心地幫你這個忙。上次說到的那一百萬也不是我自己提出來的，這一點你非常清楚。所以我覺得這個問題應該你自己去和常廳長談。」

「馮哥，你這不是讓我難堪嗎？難堪倒也罷了，如果我去跟她講這件事情的話，她肯定要生氣的，而且這個專案很可能搞黃。上次常廳長不是說過嗎？那一百萬就是先期給你的。馮哥，你看這樣好不好？等專案開始資金回籠的時候，我付你一百二十萬，或一百五十萬也行。」他急忙地道。

我搖頭，「這不僅僅是錢的問題。常姐信任我才信任了你。所以這件事情如果要這樣的話，我覺得還是應該先告訴她的好。我這個人從來就是這樣，人家信任我，我也不會做出讓別人不放心的事來。我還是那句話，你去，哦，如果你覺得不方便的話，我去也行，我去跟常姐說一聲。不管怎麼說，我自己無法決定這件事情。所以請你理解。抱歉！」

他歎息，「馮哥，你呀，你比莊晴還固執。那我看這樣吧，如果你答應我這個請求的話，我就把莊晴讓給你。你看怎麼樣？」

我完全沒有想到他竟會說出這樣的話來，不禁駭然。隨即心裏不禁一陣憤怒，「宋梅，難道在你心裏，莊晴僅僅是你做生意的一個砝碼而已？」

「不，不是這樣的。馮哥，你聽我說。我知道你很喜歡她，但是我對她根本就沒有什麼感情。準確地講，是我根本就不喜歡她。但你是很喜歡她的啊？像這樣成人之美的事情，不正是我這個當兄弟的應該做的嗎？」他急忙地道。

我看著他搖頭，「宋梅，我與莊晴之間的事情是我和她之間的私事。你們之間還不是夫妻關係，所以你沒有權力決定她的任何事情，包括剛才你所說的所謂的把她讓給我，你沒有這個權力。宋梅，我看錯你了，想不到你竟然會是這樣的人。」

「我答應，但必須有個條件。」讓我想不到的是，這時候莊晴竟然忽然出現在了我們的面前。

第三章

第三者

在我們三個人當中，只有我是處於最被動的地位，
因為不管怎麼說，宋梅與莊晴曾經都是那種關係，
而且兩人還曾經相互有過感情。而我呢？
我只不過是第三者罷了。
是的，在他們兩個人面前，我就是一個第三者。

我大吃一驚，宋梅也是吃驚和尷尬的表情。我去看莊晴，發現她的手上並沒有什麼香煙。很明顯，她根本就不曾離開過這裏。剛才，在我與宋梅交談的時候，她可能一直都在雅間的門外偷聽。

我即刻站了起來，「對不起，我還有其他事情。」在這種情況下，我覺得自己唯有離開才合適，因為我根本就不想坐在這裏去和宋梅談什麼條件。莊晴不是砝碼，更不是什麼貨物，她不應該作為宋梅與我交換的條件。

「馮大哥，你別走。你聽我把話說完。」

可是，莊晴卻過來將我摁回到了椅子裏。她的這個動作讓我惶恐不安起來。現在，宋梅已經開出了條件，但是我卻無法接受，因為在我的內心，實在不願意將莊晴作為一種交換的砝碼。她是人，一個活生生、有血有肉有感情的人，她不是什麼砝碼。我這人從骨子裏還是比較傳統的，一旦自己與她有了那種關係後，心裏就已經把她當成了自己的女人。所以，我痛恨宋梅的薄情寡義，更恨他把莊晴拿來作為與我交換的條件。

但是現在，莊晴卻忽然出現了，而且她似乎還同意了宋梅的條件，而且還準備提出新的交換要求。在我們三個人當中，只有我是處於最被動的地位，因為不管怎麼說，宋梅與莊晴曾經都是那種關係，而且兩人還曾經相互有過感情。而我呢？我只不過是第三者罷了。是的，在他們兩個人面前，我就是一個第三者。

我只好坐下，即使心裏忐忑不安，也只能坐下。

「宋梅，既然你已經把我作為了交換條件，那麼我想問你：我作為你與馮笑交換的砝碼，你準備給我什麼好處？」莊晴問宋梅道。

「我……我以前不是給你買過那麼多東西了嗎？」宋梅道。

「哈哈！」莊晴大笑，聲音卻很憤怒，「宋梅，我發現你真是可笑！我和你談了幾年的戀愛，你究竟給我買過什麼東西了？反倒是我還經常給你買東西，你身上穿的這套西裝是誰買給你的？還有你頸項上的這條領帶！你還好意思說你經常給我買東西！剛才如果不是我心存懷疑的話，可能被你賣了還在樂呵呵地幫你數錢呢。宋梅，你真無恥！」

「那你說吧，你需要什麼條件？」宋梅的臉上一陣紅一陣黑的。

「把你剛剛買的那套房子給我。否則，我不會答應你跟著馮笑的。」莊晴說。

「不可能！那套房子我還正準備拿去抵押貸款呢，怎麼能給你？」宋梅差點跳了起來。

我看著他們兩個人的樣子，覺得這個世界還真是可笑。他，還有她，他們兩個人把我當成什麼人了？「你們兩個人慢慢商量吧，我可要走了。我決定了，明天就去找常廳長，請她不要再考慮這個專案了。都是什麼事情呢？專案還沒開始做呢，結果就先出現分贓不均了。呵呵，真可笑！」

我說話的聲音很緩慢，也很平靜。因為我覺得他們兩個人確實很好笑。

「可能不是那麼容易吧？我實話告訴你吧，現在我已經與民政廳簽訂了意向性協定了，想要反悔已經晚了。」宋梅冷冷地說。

我很詫異，張大著嘴巴看著他。

猛然地，我覺得這裏面好像不大對勁，「既然如此，那你今天還來找我幹什麼？你完全可以不管我自己去做那個專案的。」我說。

他卻在搖頭，「馮哥，我不是那種不講信譽的人。也許莊晴的這件事情是我處理不當，但是我絕對沒有過河拆橋的想法，請你一定相信我這一點。」

我頓時怔住了，因為我想不到這個人竟然還有這樣的優點。「好吧，這件事情我會馬上去問常姐。不過，我覺得莊晴剛才的話倒是很有道理，她畢竟跟你戀愛了這麼久了，你總得給她補償點什麼吧？宋梅，你知道嗎？如果不是莊晴的話，我根本就不可能幫你這個忙。而且我也相信，即使你與民政廳簽訂了意向性協議，我相信常廳長也可以馬上廢棄那個協議。雖然我是學醫的，不過『意向性』這三個字的意思我還是懂的。你說是嗎？」

「那好吧，我把那套房子給她。」他沉吟了片刻後說道。

「那你到時必須給馮大哥兩百萬，而且現在必須寫下欠條。」莊晴忽然說道。

宋梅苦笑道：「如果我現在有錢的話，我會不給他錢嗎？我看這樣吧馮哥，我給你再加兩個點的股份。」

「我問了常姐再說吧。宋梅，現在我改變主意了，我覺得這件事情一定要告訴常姐才行了。說實話，我對你不放心。當然，你放心，我會告訴她你目前的困難。」我說。

「你別說。好，就這樣，我明天就給你滙一百萬過來。」他站了起來，然後對我說道，隨即苦笑，「我自以為聰明，可是現在才發現，最笨的其實是我自己。」

我看著他笑，「宋梅，這不是你笨的問題，是你太絕情了。一個對感情不負責任的人，總是會付出代價的。我希望你記住你今天的承諾，儘快把那套房子的戶主轉成莊晴的名字，否則的話……」

「我一定。明天一併去辦。」他說，「馮哥，謝謝你，謝謝你今天給我上了這麼生動的一課。」他說完後就準備離開。

「等等。」我叫住了他，「我看這樣吧。你可以先給我五十萬。剩下的那五十萬，今後你資金回籠後再給我。我也不要你利息什麼的，不過我有個條件。」

「什麼條件？」他問道，有些高興的樣子。

「刑警隊的錢隊長想見你。你別這樣看著我，我沒有對他說是你提供的資訊。但是他希望和這個提供消息的人見面談一次。」我說。

他怔了怔，然後轉身離開。

雅間裏只剩下了我和莊晴，我們之間一片沉默。

「馮笑。」她忽然說話了，聲音很小。

我看了她一眼，歎息道：「我們也回去吧。」

「馮笑，你是不是覺得我是一個貪財的女人？」她問我道。

「這不是貪不貪財的問題，這是你應該得到的。」我回答說。說實話，現在我對她也一樣的有了些看法了。不過我一時間無法理清自己心中的這種看法，只是覺得她今天的那個要求既合理同時又有些庸俗。

對，是庸俗。我忽然想到了這個詞語。以前，她告訴我她是如何的愛宋梅，但是今天我才發現，她最終還是落腳到了錢物上面。

她神情黯然，歎息了一聲後，快速地走出了房間。

趙夢蕾最近有些煩躁。

自從我們結婚以來，她對我一直都是溫柔有加，我們的生活溫馨而又平淡。平常沒事時，我們總會在晚餐後出去散步，然後回到家裏洗澡睡覺。每天早上起床後會有熱騰騰的早餐在等候著我。然後我們一起走出家門分別去上班。我很方便，出了社區穿過馬路就到了醫院，而她還要坐半小時的公共汽車才可以到達她的單位。

我很喜歡這樣的生活，因為這種平淡中包含著一種溫情。而且我還很自由。晚上我夜班、或者有其他安排的時候，只需要給她打個電話說一聲就可以了，她每次也就三個字，「知道了。」

然而，最近幾天我發現她顯得有些魂不守舍，而且煩躁不安。因為好幾次我下班後回家發現她根本就沒有做飯，在我進門後才慌不迭地朝廚房跑去。也有好幾個早上，我起床後沒有發現早餐上桌。

「夢蕾，怎麼啦？最近你好像不大對勁啊。」我問她道。

她朝我淡淡地笑了笑，「沒什麼。」

我嚴肅地看著她，「夢蕾，你別瞞我了，我都看出來了。你有心事。」

其實在我的內心裏也有一種擔憂，我很擔心是因為她知道了我與莊晴的事情才變成了這樣的。

我與莊晴的事情只有宋梅知道，而宋梅現在被我認為是一個奸詐的商人，所以我覺得他極有可能在我背後幹這件事情。不過，我又覺得這種可能性不大，因為我認為現在還不到宋梅與我翻臉的地步。

說實話，我幫助宋梅雖然主要是因為莊晴的緣故，其實最開始我的內心對宋梅還有一種愧疚。後來這種愧疚感沒有了，但惶恐的心理也出現了，因為我很擔心他把我和莊晴的事情捅出去。現在，我心裏的這種惶恐感就更強了。

不過我覺得，不管怎麼說，自己都應該儘快解決這個問題。我是學醫的，知道膿瘡被捂住的後果是什麼。我與莊晴的事情確實不應該，而且也讓我覺得對不起趙夢蕾，但是我不想就這麼拖下去，所以我很急於想知道趙夢蕾出現現在這樣的情況究竟是為什麼。

在心存僥倖的情況下，我開始問趙夢蕾。我相信她會原諒我的。我的這種自信沒有原因，只是感覺。其實在我的內心還有一個不能說出來的秘密，那就是我的心裏很不平衡：她在我之前已經有過一次婚姻，而我卻不是那樣。而且，我與莊晴的第一次是發生在我與趙夢蕾結婚之前的事情。

「真的沒事。」可是，她卻這樣回答我道。我當然不會相信，不過也不好繼續去問她。但是我心裏有些踏實了，因為我發現她看我的眼神是溫柔的。

「是不是因為孩子的事情？」我問道。我覺得如果不是因為莊晴的事情，那就只有這個原因了。

她一愣，隨即緩緩地朝我點頭。

「去做試管嬰兒吧。用我的精子和你的卵子。孩子也是我們倆的啊。如果你答應的話，我馬上去聯繫。我們省的婦產科醫院這個項目開展得不錯，成功率很高的。」於是我說道。

「有多高？」她問道。

「百分之三十左右吧。」我回答說。

她的臉上帶著驚訝，「百分之三十也叫高？」

「美國也就百分之三十不到。婦產科醫院的這個成功率已經算是高的了。」我說。她頓時不說話了，微微地在搖頭。

「這個百分之三十是針對所有去做試管嬰兒的人計算的，但對於成功的人來講就是百分之百。這個道理你明白嗎？何況，這是唯一的機會了。一次不行就第二次，再不行就第三次，總會有成功的機會嘛。你說是不是？」我繼續做她的工作。

「再等等。」她說道，「既然這是最後的機會，我就更應該把這個機會放到最後。如果連這最後的機會都失敗了的話，我今後還有什麼念想？」

我頓時不語。不過我覺得她說的也很對。一個人總是要把最後的希望留下，放在那裏去仰望。不然的話，今後的生活還真的沒什麼意思。

然而後來我才知道，原來她的這種猶豫是另有原因。那個時候的她是因為心有恐懼，還有無奈。

有件事情我沒有想到——我在醫院裏見到了那個女孩，那個當初鍾小紅介紹給我的女孩。雖然當時我只是看了她一眼，但她卻給我留下了極其深刻的印象。因為我當時沒有想到她竟然就是鍾小紅介紹給我的女朋友。她下巴上的那顆痣也是一個非常重要的標誌。

她和我們醫院一位內科醫生在一起，她的手挽著那位內科醫生的胳膊。我開始沒有注意到他們，因為我剛剛替陳圓辦完了住院手續，心裏正在想著一會兒是否親自送她去那家五星級酒店的事情。當我抬起頭來的時候，剛好看見正迎面而來的這兩個人。

「馮笑，聽說你結婚了？怎麼也不請老朋友們喝酒？」那位內科醫生已經在開始朝我打招呼，我想躲避已經來不及了。他和我很熟悉，以前與我同住一棟單身宿舍。我記得好像他也是和我同一年分配到這個醫院來的。他叫王鑫。

我發現他身旁的那個女孩正冷冷地看著我。我假裝沒看見。「王鑫，對不起啊，我還有急事。」說完後便匆匆離開。

「一點都不夠朋友，結婚也不請我們喝酒。」身後傳來了他不滿的大笑聲。我頓時明白，那個女孩並不曾告訴過他曾經到醫院來相親的事情。仔細一想：她當然不會告訴王鑫這件事情了，因為這畢竟是一件對她來講很沒面子的事情。

王鑫的父母好像都是農村的，他的家境很貧困，以前我們一起住單身宿舍的時候我去過他的寢室，有一次他對我講起過他家裏的情況。那時候大家都是單身，彼此之間喜歡交流一些看似毫無意義的問題。

我忽然想起來了，那個女孩好像叫「小慧」什麼的。

這樣也好。我在心裏想道。

然而我沒有想到的是，後來王鑫竟然當上我們醫院的副院長，而那時候我是婦產科的主任。因為他老婆的緣故，我受了不少的冤枉氣。

農村家庭出身的孩子往往老成，而且善於尋找一切進步的機會，而不像我這樣整天渾渾噩噩。所以他才能夠快速地到達那個位置。當然，這是後話。

不過後來我從中總結出來了一條教訓：這其實也是一種因果。因為當初自己對她的不尊重，所以才會有後來的那種結果。也許很多人會抱怨小慧的心胸狹窄，但我不會那樣去看這個問題，因為我相信這樣的因果關係。

回到病房後，我把出院手續交給了陳圓，「你還準備回原來的地方住嗎？」我問她。其實我心裏明明知道她的答案是否定的，但是我必須要問她，因為我無法給她安排住宿。

「不。」果然，她猛然地搖頭。

「那你想好了嗎？準備去住什麼地方？」我柔聲地問她。

「莊晴已經來過了，她讓我和她一起住。」她說。

我很詫異，「莊晴？」

她點頭，「雖然她是女的，但是我覺得她很好，而且和你……」她說，朝我看了一眼，眼神馬上就躲閃開了。

我當然明白她這句話的意思，不想在她面前說明什麼，「這樣也很好。那這樣吧，一會兒我讓莊晴來和你一起去她住的地方。」

隨即去找到了莊晴，「你準備讓陳圓和你一起住？」

她點頭，「我和她都是苦命人，住在一起也好，互相有個照顧。」她點頭道。

「你住什麼地方？她去了後住得下嗎？」我又問道。

她看了我一眼，低聲地道：「我不是才從宋梅那裏拿到了那套房子了嗎？對了，還有這個。他今天才送來的。」她說著便拿出來了一張銀行卡遞給了我。

我恍然大悟，「莊晴，你找他要這套房子時，就想今後和陳圓住在一起？」

「你那麼關心她，我總得為你做點事情吧？」她說。

我很感動，「莊晴，謝謝你。」

她看了我一眼，然後輕聲地道：「那套房子很寬，我也給你留了一個房間。今後你有空的話，可以來和我們一起吃頓飯。」

我頓時怔住了。

「對了，還有一件事。這張卡裏面只有五十萬。」她又道。

我頓時明白了：宋梅答應了與錢戰見面的事。

拿著這張銀行卡，我想了想，隨即給常育撥打電話。電話通了，但是卻被她即刻壓斷了。一會兒後進來了一條簡訊：我在開會，一會兒給你打過來。

我心裏對她有了一種歉意，我發現自己每次打電話給她的時候都是很隨意的，根本就沒有去注意時間，也沒有想過她是不是處於繁忙的狀態。這時候我明白了一點：她是領導，並不像我這樣清閒。

說到底我還是把她當成了自己的病人在看待。

一直到下午下班的時候，她才給我打來了電話，「對不起啊，今天事情太多了，中午也在陪客人吃飯。什麼事情啊？」

「宋梅……」我說，但是剛剛提及宋梅的名字，就被她給打斷了，「這事情別在電話上面講，我們見面後再說。」

我覺得她好像與以前不大一樣了，似乎多了些架子，但是我不好說什麼。「晚上我們一起吃飯吧，你說個地方。」她隨即說道。

「維多利亞大酒店吧。」我說。我說的就是陳圓準備去上班的地方。今天她出院的時候我問過她了，她說她準備今天晚上就去上班。當時我還勸了她一句：「幹嘛這麼著急？」她回答：「我閑得厭煩了。而且人家那麼看重我，我應該早點去上班的。我已經給他們打電話了。」我覺得她蠻有敬業精神，所以也就不再勸她。現在常育問我吃飯的地方，我首先就想到了那裏。

「你發財了？到那麼好的地方去吃飯？五星級酒店呢。」她在電話裏面笑。我這才反應了過來，急忙地道：「我那個病人，就是以前在那家西餐廳裏面彈琴的那個，她今天出院了，要去那地方上班。所以我想順便去看看她。」

「這樣啊。呵呵！如果不是你已經結婚了的話，我還真認為你是在談戀愛呢。」她笑道。

「常姐，千萬不要這樣說啊。我只是把她當成小妹妹在看待。她受了那麼多苦，現在能夠找到一份新的工作，而且收入還不錯。你說我應不應該高興啊？」我說，心裏對她有些不滿起來：怎麼這樣看我啊？好像我是色狼似的。

「呵呵！看來我真是俗人了。馮笑，我們就到那裏吃飯吧。不過今天我請客，上次你請了我，這次該輪到我了吧？」她最後說道。

我到維多利亞大酒店的時候，忽然接到了常育的電話：「臨時有個會議，你等我一會兒。」

「沒事，我等你就是。」我說，心想她還真忙，於是朝樓上而去。剛進到酒樓大廳，就看見陳圓已在那裏彈琴了。音樂瀰漫整個大廳。她今天穿的是一件白色的公主裙，這讓她本來就白皙的肌膚顯得更加聖潔。她心無旁鶩，完全沉浸在她的音樂裏。我不忍去打攪她，隨即去對服務員道：「麻煩你給我找個座位。兩個人。」

「我來安排吧。」這時候我才發現那位大堂經理走了過來。「胡經理。」我朝她笑了笑，「怎麼樣？你對小陳還滿意吧？」

「不錯，這丫頭蠻不錯的。」她笑著說。

我忽然想到了一個問題，「以前的那個女孩子呢？你們不要她了？」

我真的是忽然想起這個問題的，試想：一個本來在這地方工作得好好的，忽然被另外一個人頂替了工作，她心裏不生氣才怪呢。要知道陳圓可是曾經受過傷害的人啊，而且傷害她的是女人！萬一……我不敢想像今後可能出現的後果。

還好的是，她的回答讓我頓時鬆了一口氣，「那個女孩子已經離開了我們省。她考上了外省的一所音樂學院。她還對我說呢，說陳圓不去考大學太可惜了。」

我心裏頓時一亮：是啊，我怎麼沒有想到？我得找時間和陳圓好好談談。隨即又想到了一個問題，「胡經理，陳圓天天在這裏上班，難道她沒有休息的時間？」

「怎麼沒有？現在我們這裏是兩個人輪流上班。而且上班的時間也只限於吃飯的那幾個小時。呵呵！馮醫生，你這個當哥哥的可真關心她。說實話，你是我見過最好的醫生，像你這樣的醫生現在幾乎絕跡了。」她笑道。

我被她表揚得有些不好意思了，急忙地轉移話題，「胡經理，你說的那個人怎麼還沒有到醫院來？」

她看著我笑。我發現，她的笑有些古怪。「怎麼？」我禁不住地問道。

「是我要找你看病。」她說，神情忸怩。

我恍然大悟，「你上次是有顧忌是吧？呵呵！這樣，你隨時到醫院來，我讓我學姐給你看病。」

她頓時笑了起來，「本來最開始我是想讓你幫我找個醫生的。但是我覺得不大好。不過我還是對於男醫生給自己看病不大能接受。但現在我看見你對陳圓這麼好，改變了想法。以前我聽別人說過婦產科最優秀的其實是男醫生，我還不相信。現在我相信了，因為男醫生對女性更具有同情心。」

「話也不能這樣講。我們科室的女醫生也很不錯的。外邊說男醫生更適合搞婦產科的原因，其實說的是婦產科特殊的那一面。就是手術。婦產科的手術很多，男性在這方面比女性具有優勢，因為體力的原因。」我解釋道，隨即覺得自己有些迂腐了，急忙地去問她：「你什麼情況？哪裏感覺不對？」

她看著我笑，「馮醫生，你可是到這裏吃飯的，怎麼把這裏當成診室了？」

我笑道：「我朋友還沒有來。估計還有一會兒。你可以先告訴我，我先看看下一步需要作哪些檢查。」

她驚訝地看著我，「看看？這裏？」

我哭笑不得，「我說的是先聽聽你講述一下病情，先作一個最基本的分析。」

她自己也不禁笑了起來，「我說呢，你嚇我一跳。那這樣，你跟我去我辦公室。」我點頭，隨即跟在了她的身後。

以前我不大注意女性的細節，但是現在我卻不得不注意了，因為她就在我的前面。我發現，自己眼前的她身材很不錯，走起路來婀娜多姿、很是好看。頓時感覺到自己的心裏產生了一種旖旎。我霍然一驚：馮笑，你怎麼變成這樣子了？

剛才內心的那種浮想完全是自然而來，但是卻被我即刻地警覺了。我發現，自己一旦不在科室或者門診診室的時候就很容易出現思想出軌，心裏頓時汗顏。

她給我倒了杯水，「不好意思，我這裏沒茶。」

我笑了笑，「沒事，你簡單說說吧。」

「其實也沒覺得有多大的問題，就是最近一段時間發現月經量有些增多，經期也比以前長了幾天，所以想去看看究竟是什麼原因。」她回答。

「哦？這可不好說啊。你這樣的症狀很多婦科病都可能會出現。不過有一點我必須提醒你，女性任何一種不正常的情況都需要引起高度重視。很多女性疾病其實都是被拖出大問題來的。」我說。確實，她講的這個情況我很難判斷出她究竟患的是什麼疾病，不過這個提醒卻是非常必要的，因為女性的疾病發展往往很快，而且惡化的情況也非常多見。

「這麼嚇人？」她的臉色忽然變了。

「你最好近期安排時間到醫院來一趟。」我說。

「你什麼時候上班？」她問。

「我天天上班啊。只是夜班後的第二天休息。門診的時間是星期六。」我說。

「那就是後天了。行，那我後天來找你。」她說道，這時候我手機響了起來。肯定是常育。我心裏想道，隨即接聽。「你到了嗎？」果然是她。

「到了好久了，你在什麼地方？」我問道。

「剛剛到酒店大廳，我馬上上來。」她說，我聽出她的聲音有些氣喘吁吁。

「那我到電梯口接你。」說完後便將電話壓斷，去看著胡雪靜道：「我們的位置還在嗎？」

「當然。」她笑，隨即站了起來。我忽然想起了一個問題，「胡經理，你大小便的時候覺得困難嗎？」

「最近好像就是不大對勁。特別是小便，老是想去廁所，但是每次去了又解不出多少來。我是女人，又不會是前列腺炎。馮醫生，這究竟是怎麼回事啊？」她苦惱地道。

我點頭，心裏已經對她的問題有了初步的判斷。

「究竟是什麼問題？」她在問。

「到醫院來檢查了再說吧，我目前還不敢確診。」我說。沒有把握的事情我是不會輕易說出來的。

可是她卻著急了，「究竟是什麼問題啊？馮醫生，你這樣會讓我這兩天睡不著覺的。」

「不會是大問題，你放心好了。」我安慰她道。

「不行，你必須先告訴我，不然的話我真的會睡不著覺的。」她卻堅持地道。

我沒辦法，只好告訴她：「胡經理，女性有一種常見的疾病，你知道嗎？」

「陰道炎吧？」她問道。我搖頭，「雖然這也是其中一種婦科常見疾病，但我估計你不是。」

「可是我的白帶也很異常呢，有時候還很臭。」她說。

「那我就更確定了我的判斷了。不過還是需要進一步作檢查……」我回答，手機又叫了起來，是常育打來的，「你不是說在電梯口等我嗎？怎麼沒看見你人？」

「馬上。」我急忙地道，不禁汗顏：剛才只顧著與胡雪靜說話，竟然把這事給岔開了，急忙準備朝外邊跑。「喂！你還沒有告訴我究竟是怎麼回事呢。」胡雪靜卻叫住了我。

「我懷疑是子宮肌瘤。」我轉身對她說道，「你別擔心，你的情況應該還是早期，而且子宮肌瘤大多是良性的。」

說完後我就走出了她的辦公室。我心裏在想著常育，所以沒有去注意胡雪靜的反應。而且，子宮肌瘤大多為良性，我並沒有想到她會因此而擔心。

「你搞什麼名堂？怎麼這麼久才來？」常育責怪我，不過她的臉上卻帶著笑。

「對不起，和別人說了點事情。」我急忙地道。

「走吧，我可餓壞了。」她說。

我頓時笑了起來，「這可怪不了我。是你自己耽擱了時間。」說著便朝裏面走去。常育去看正在彈奏鋼琴的陳圓，「這女孩真漂亮。」她在歎息。

「是啊。不過她的琴聲更好聽。」我說。我說的是實話，因為我完全地感覺到陳圓彈出的琴聲讓我有了一種輕鬆、愉悅的感受。

服務員帶我們去到了一處靠窗的位置。

「你還沒點菜？」常育問我道。

「你不是說你請客嗎？我可不好點菜。點差了呢我覺得不划算，點貴了又擔心你心痛。」我笑道。當然是開玩笑。現在，我發現在她面前已經變得很隨便了。

「你錯了。」她搖頭道：「我點菜從來不看價格，只看自己是不是喜歡吃。」

「我不一樣，我只知道越貴就越好吃。我很少來這樣的地方，只好看著菜單上面的價格判斷菜品的好壞。」我說，隨即笑了起來，「開玩笑的。剛才想到你在開會，所以和一個熟人談了點事情。」

她很快點完了菜，隨即問我道：「宋梅的事情怎麼啦？」

我從錢包裏面拿出那張卡來朝她遞了過去，「這是你的，裏面有五十萬。」

她看著我，神情怪怪的，「你這是什麼意思？」

「你是領導，很多事不方便出面，當然得由我替你去辦這些事了。」我說。

她頓時笑了起來，「你這話我愛聽。不過這張卡我不能要。你趕快放回去。被別人看見了就不好了。」我猶豫著，依然拿著那張卡。她頓時急了，「你先放回去我再慢慢給你說。」

我只好將卡放回到錢包裏面，然後去看著她。

「馮笑，你怎麼沒懂我的意思呢？這件事情我純粹是在幫你啊。因為是你提出這件事，所以我覺得自己應該盡力地幫助你。這錢你就應該得到。不然的話我幹嘛幫你？這樣的錢你拿了一點事情都不會有，我拿了可就是犯罪了。你說是不是？還有，今後像這樣的事情，你不要在電話裏對我講。最近紀委查得很嚴。我本來就沒想通過這個專案得到什麼，如果因此被調查的話就不划算了。你說是不是？」她隨即對我說道。

「這……」我有些難為情。本來我是不想要這筆錢的，而且也不想把宋梅暫時欠五十萬的事情告訴她，所以才想到了這個辦法。

「我最近聽到了一種說法。有人講，像我們這種副廳以上的幹部，有關部門可能會監聽我們的電話。不管這個傳言是真的也好，假的也罷，我覺得還是小心一些的好。」她又說道。

「不會吧？」我不禁駭然。不過，我現在對自己先前對她的誤會感到有些汗顏起來。

「不管是不是真的，這樣的事情最好小心一些。你是醫生，可以很單純地過著你的生活。但是我不行啊？而且這個專案說正常也正常，因為我充分考慮了操作層序。但是如果一旦深究下去的話，那我一樣說不清楚了。我們國家的事情大多都是這樣。」她繼續地道。

我點頭。

「還有。」她又道，「那百分之二十五的股份問題。我必須先完善手續。要有你出資的證明資料。免得到時候發生糾紛。」

「我哪來那麼多錢？」我搖頭道。

「沒讓你出錢啊？這件事情應該讓宋梅提前準備好。比如，他先拿出一部分現金出來讓你存上，或者通過其他管道把那筆錢打進你的帳戶，然後你轉賬到他的帳戶上去。這樣一來不就有了你出資的證明資料了?這件事情千萬大意不得。現在的生意人太不好說了，俗話說無奸不商，你千萬不要輕信別人。」她說。

我覺得太複雜了，於是搖頭道：「隨便吧。我覺得宋梅還是可以信任的。」

「不。這個世界沒有多少可以信任的人。我信任你是因為你的人格讓我感動。這個宋梅就難說了。我的話你一定要記住。」她即刻反對地道。

我有些感動起來，「那好吧。」

她看著我，「馮笑啊，你太書生氣了。這樣吧，我去跟他說好了。我知道你拿不下面子。」

這頓飯我們吃得很溫馨。她的心情似乎很好。而我卻有些心不在焉，因為我的注意力老是轉移到陳圓的琴聲裏去。

吃晚飯後常育對我說：「今天我很高興，希望我們今後每次在一起都這樣隨意。我太累了，難得有這樣一種閒情雅致。」

「好，我也很喜歡這樣。謝謝你在那個專案上的幫忙。不過有一點我必須先對你講清楚，不管是這個專案得到的錢也好，股份也罷，我始終會把你的那部分留著。不管你今後是什麼樣一種情況，隨時都可以找我拿到屬於你的那份。常姐，不是我現在這樣講，我這個人你可能已經比較瞭解了，我說出的話就是我內心最真實的想法。」我真誠地對她說。

「我很感動，但是真的沒必要。」她低聲地道。

「我心裏有數。」我說，隨即笑了起來，「剛才還那麼輕鬆愉快，怎麼現在反倒變得嚴肅起來了？」

她也笑。

「馮醫生，你現在去哪裏？」這時候胡雪靜過來問我道。常育朝她看了一眼後，即刻向我告辭。

「我等陳圓下班，然後想送她回家。」我說。

她看了看時間，「還有兩個小時呢。這樣吧，我跟你先去你們醫院，你今天就幫我檢查一下行嗎？你剛才說我可能是子宮肌瘤，我心裏好害怕。」

我頓時笑了起來，「這都怪我。子宮肌瘤大多是良性的。手術後就好了。不過現在我也不能完全肯定，你必須做一次B超，等完全確定了，再考慮具體的治療方案吧。」

「不行，我現在心裏慌得厲害。」她說。我發現她很固執。不過想到陳圓在她這裏上班，所以只好點頭答應。

晚上正好是蘇華值夜班，於是我請她即刻對胡雪靜進行檢查。她看了我一眼，「學弟，看不出啊，最近老是認識美女。」隨即低聲地來問我：「你老婆知道了可不得了啊。」

我哭笑不得，「學姐，別開玩笑了。幫幫忙，我懷疑是子宮肌瘤，你確診一下。」

「晚上做不了B超。怎麼確診？」她問我。

「先摸一下，看能不能摸到包塊。B超明天再做吧。」我說。

「好吧，誰叫你是我學弟呢？」她給我拋了一個媚眼。真的，她竟然給我拋了一個媚眼！我頓時打了一個寒噤。

她發現了我打寒噤，頓時瞪了我一眼，「怎麼？你學姐我就這麼沒魅力啊？」

我急忙道：「有魅力，魅力大極了。快去檢查吧，人家已經進去這麼久了。」

「遵命！」她扭著身體朝檢查室走去，我耳朵裏傳來了她的大笑聲。

最近她的心情肯定很愉快，我心裏想道。

可是，她進去不一會兒後便出來了，「馮笑，你來看看。」

我狐疑地看著她，「怎麼啦？」

「我好像摸到了包塊。你也來摸摸。」她說。

我不禁苦笑，「你是我學姐呢，你摸到了不就行了？」

「這麼漂亮的女人，你不去看看不划算。」她將嘴唇遞到我耳邊低聲地說道。

我吃驚地看著她，「學姐，你別開這種玩笑。」

我覺得蘇華今天有些不大對勁，因為在我們婦產科裏一般是不會開這種玩笑的，除非是護士長。我們科室的前任護士長已經被醫院開除，她以前就特別喜歡開這樣的玩笑，現在新的護士長可就嚴肅多了，她很少與我開此類的玩笑，也許這是因為我自己本身不喜歡多話的緣故吧。

但是我想不到蘇華竟然與我開起這樣的玩笑來。

「學弟，你如果不想在今後變成老太婆模樣的話，就要隨時保持男人的心性。我是為你好。」她卻笑著對我說。

我哭笑不得，「你這話什麼意思？我本來就是男人啊。」

「學弟，你太敬業了，敬業過頭了不一定好。你是男人，長期在婦產科裏面會被潛移默化地變得女性化的。」她看著我笑。

「學姐，我的功能沒問題。你放心好了。」我說，心想：你怎麼能懷疑我男性的功能呢？如果不相信的話，你可以試一下啊？霍然一驚：馮笑，你怎麼變成這樣了？你的這個想法也太邪惡了吧？急忙地對她道：「學姐，別讓我那朋友在裏面等久了，這樣不好。」

「你還是親自去給她檢查一下的好。」她說。

我狐疑地看著她。

「我懷疑她有性病。」她說。我大吃一驚，「我去看看。」

進去後，看見胡雪靜躺在檢查床上，截石位，陰部完全暴露在視線裏面。

我戴上手套，然後仔細去觀察。頓時聞到了一股臭味，不過她的外陰很正常。尿道口沒有紅腫的跡象，擠了一下她的尿道口，也沒有發現膿液。隨即轉身去看蘇華，她在那裏朝我怪怪地笑，頓時明白自己又被她騙了。

現在，我既然已經進來了，而且已經開始對胡雪靜進行了檢查，在這種情況下就只好繼續檢查下去了。

雙合診，將右手的食指和中指插進她的陰道裏面，左手去到她腹部。我右手的手指從她陰道的裏面、子宮頸的地方朝她腹部的方向頂著，左手在她腹部上面細細地感受。確實有包塊，不過似乎很小。

「是子宮肌瘤。明天作B超確診一下。」我抽出了手後說道。

「最好還是做一個細菌染色檢查。」蘇華提醒我道。她沒有說性病檢測，因為胡雪靜是我朋友，所以她很注意。不過我明白她的意思，「子宮肌瘤可以引起白帶異常而產生異味。」我說。

蘇華卻堅持，「排除一下也好。」

我點頭，然後吩咐護士取樣。

「胡經理，我建議你儘快到醫院住院。剛才我雖然摸到了你子宮上面的包塊，但是我無法判斷你的子宮裏面究竟有多少個肌瘤。這必須得作進一步的檢查。如果情況不是很嚴重的話，需要儘快做手術。如果是瀰漫性的肌瘤的話，那就得把你的子宮切除。對了，你有孩子了嗎？」出了病房後我對她說道。

「就是一直懷不上啊，老是流產。」她說。

「這與你的肌瘤可能有關係。」我說。

「我想要自己的孩子。」她低聲地、歎息著說。

「這得看你子宮的情況。如果是單發性的肌瘤，手術後就可以了。明天吧，明天進一步檢查了再說。」我說道。

我們就這樣一路聊著她的病情，剛到酒店時就接到了蘇華的電話，「淋病。」

第四章

慢性淋病

她不住地喘息，胸部劇烈地起伏，
她咬牙切齒地道：「這個狗日的，我和他沒完！」
她說的那個「狗日的」或許是她丈夫，或許不是。
對於這件事情，我已經超過自己的職業範圍了：
不管怎麼說，我告訴她結果後，挑起了她家庭的矛盾。

我大吃一驚，頓時懵了。我無法想像自己面前這位氣質不錯的五星級酒店酒樓的大堂經理竟然會患上那種疾病。我忽然想起自己在給她作檢查的時候並沒有發現她尿道口有紅腫，擠壓後也沒發現膿液。這只能是兩種情況，還處於潛伏期，或者是慢性的。

「是不是蘇醫生打電話來了？」胡雪靜問我道。

我沉吟了片刻後說道：「我們先上去，一會兒我問你幾個問題。」

她頓時默然，領著我進入到酒店、上到電梯。

陳圓依然在彈琴，琴聲舒緩輕鬆。我發現她還真是不知疲倦。

「她還有多久下班？」我問胡雪靜。

她看了看時間，「還有半小時。」

「那我們還是去你辦公室。」我對她說。

她轉身就走。

「問題很嚴重嗎？」在她辦公室坐下後，她問我道。

「胡經理，我是醫生，所以如果我問你的問題你覺得接受不了的話，還請你原諒。」我看著她，緩緩地說。

她詫異地看著我，「你這話是什麼意思？」

我歎息了一聲，「剛才蘇醫生打電話來說，你患有淋病。」

她瞪著眼睛看著我，「什麼？不可能！我已經很久沒有和他同床了。我也沒有其他的男人。這絕對不可能！」

我頓時明白了，她是慢性淋病。如此看來，我摸到的那個包塊……

「胡經理，你聽我講。」我制止她的激動，「淋病有急性和慢性之分。現在看來，你應該是屬於慢性的。或許一個月前、或許半年前被傳染的可能都有。淋病檢查很簡單，可靠性也很高，而且你是晚上去做的檢查，晚上的病人不會很多。我的意思你明白嗎？」

她不住地喘息，胸部在劇烈地起伏，一會兒後她咬牙切齒地道：「這個狗日的，我和他沒完！」

我沒有去和她再說話，因為我不能夠去過問她的私事。她說的那個什麼「狗日的」或許是她丈夫，或許不是。對於這件事情來講，我覺得自己所做的已經超過了自己的職業範圍了：不管怎麼說，我告訴她結果後，挑起了她家庭的矛盾。

「我走了，明天請你一定到醫院來。如果需要住院的話，你還應該作好請假的準備。」我對她說。

她看著我，神色陰晴不定，一會兒後才歎息了一聲，「馮醫生，謝謝你。我失態了。抱歉！」

我朝她微笑，「我理解。不過我希望你保持冷靜，有些事情或許不是你想像的那樣。比如到游泳池游泳、用過公共廁所的座便器什麼的，就有可能造成感染。雖然這種被感染的機會很小，但不是不可能。」

我的這句話除了希望她冷靜外，還有一個意圖，那就是我不想介入她的家庭糾紛裏去。像這樣的事情在我們科室出現過。

有一次，一位病人也是被診斷出患有性病，結果那個女人的丈夫跑到醫院來大吵大鬧。一般來講，像這樣的丈夫往往只有一種情況，那就是他心裏無鬼。但是那個人卻不一樣，他卻是想用大吵大鬧來證明他的清白。當然，這樣的事情我們當醫生的不可能去替他證明，畢竟他老婆的情況擺在那裏。後來也是用游泳池和公共座便器替他作了擋箭牌，幸好他老婆近期確實去過一處游泳場所。

胡雪靜頓時不說話了，我估計是我剛才的那句話起了作用。要知道，她工作的地方是五星級酒店，這裏不但有室內游泳池，座便器也很普遍。

從胡雪靜辦公室出去後，我站在陳圓不遠處靜靜聽她彈奏的音樂。她彈奏的曲子聽起來很溫馨，聽了後有一種夜幕下柔柔的想要回家的感受。她的琴聲很舒緩，聽起來讓人感到迷醉。

她彈出了最後一個音符，餘音繞樑

「你怎麼來了？」她這才發現了我，高興地朝我跑來。

「我約了朋友吃飯，於是就安排在了這裏，想看看你第一天上班的情況。」我笑道，「走吧，我送你回去。」

她更加高興了，「馮大哥……我可以這樣叫你嗎？」

我朝她微笑，「當然。我很高興你這樣叫我。」

她的臉紅了一下，「那我今後就叫你馮大哥了。」她剛說完忽然地「呀」了一聲。我問：「怎麼啦？」

「我彈琴的時候好幾個人來給了錢。」她說，「我不知道該怎麼辦。你等等，我去拿。」她說著就跑到了鋼琴旁邊，「你看，有一千多塊呢。」

「你去問問胡經理吧。」我說，頓時感覺到了她的單純。

胡雪靜驚訝地看著陳圓，「還有人給小費？這可是從來沒有遇到過的事情。既然是小費，那當然就是你自己的收入了。看來我還真的選對了人。我相信，今後我們這地方的生意會越來越好的。」

「謝謝你。」我對她說。

「明天我給你打電話。」她說，臉上的笑容頓時沒有了。

「陳圓，你發財了。一個月你上十五天班，小費就是一萬多近兩萬，加上工資，哈哈！你可要成小富婆了。」在計程車上我笑著對她說。

「那麼多錢，今天怎麼用啊？」她說。我大笑。

「馮大哥，有件事情我想麻煩你。」她隨後說道。

「嗯。你說吧。」我沒有當成一回事。

「我想請你幫我查一下是誰替我付的醫療費。現在我掙錢了，我想今後去還給他。」她說。

我頓時怔住了，「這……這件事情可能不好查。人家既然是匿名替你交的費用，那就說明他根本就不想讓人知道是他做的好事。陳圓，這個世界的好人還是很多的，我也希望你今後做一個好人。這次別人幫助了你，今後你也去幫助更多的人。這樣不是更好嗎？」

「是。我知道了。等我有錢了，我一定去幫助更多的人。」她說。

「你要想幫助更多的人，首先得讓自己變得有那個能力。陳圓，我覺得你現在這個工作的收入雖然不錯，但是卻不是長久之計啊。你想想，你總不可能在那地方彈一輩子的琴吧？所以我覺得你應該去讀書，去考音樂學院，這樣才是你最好的人生道路。」我趁機把自己的想法說了出來。

「我以前去考過，可是沒考上。現在都要有熟人才行。」她低聲地說道。

我搖頭，「那不一定。我估計是你那時候的水準還沒有達到。雖然我不懂音樂，但是我覺得音樂也是需要閱歷的，只有你真正懂得了音樂裏面包含的人生道理，你才會彈得更好。你說是不是這樣？」

「馮大哥，你說得真好。」她輕聲地道，隨即過來將我的胳膊挽住。我的身體猛然地顫抖了一下。

她的手在伸入到我胳膊裏的那一瞬間，我驟然有了觸電的感覺，頓時感覺到全身一陣酥麻，心臟也在那一刻停止了搏動。我難以理解自己為什麼會出現這樣的狀況。

我的身體頓時僵直了，腦海裏也是一片空白。我從來沒有過這樣的感受，而這種感受來得是那麼的忽然與強烈。直到她的一句話才使得我恢復到了常態——「馮大哥，能夠認識你真是我的福分。我從小就成為了孤兒，想不到現在竟然有這個福分認識你。我不知道那些有哥哥的人是一種什麼樣的感受，但是我現在知道了，自己有個哥哥真好。有你在我身邊，我覺得自己什麼也不害怕了。」

她的聲音很細微，但是我能夠聽出她情感的真誠。我不禁汗顏與慚愧。

是啊，我從本意上一直是把她當成自己的病人，後來因為對她產生了憐惜所以才開始把她當成自己的妹妹看待。可是，我萬萬沒有想到自己剛才竟會出現那樣令人羞恥的感覺。馮笑，你骨子裏已經在開始變壞了。我在心裏痛罵自己。

人是需要比較才能夠顯示出高尚與卑劣的。現在，在陳圓面前，我頓時發現自己的思想確實很醜陋，醜陋得讓我感到無地自容。

計程車在一處社區大門停下，我付了車費。

「好像可以開進去吧？」我問陳圓。

「我想走走。馮大哥，我覺得和你在一起很有安全感，而且還覺得很溫馨。我也不知道是怎麼的，現在我經常做夢夢見你。在我的夢裏，每次我在一片花海裏歡快奔跑的時候，就會聽見你叫喊我的聲音：圓圓，圓圓！真的，每次都這樣。」她說，手又伸入到了我的胳膊裏。這次，我身體的震顫已經沒有了前面那樣的強烈了，但還是有。我無法控制自己不出現這種震顫，唯有在心裏痛罵自己。

她的話讓我更加清醒了起來，現在，我已經明白了：她是因為她經常做的這個夢，才覺得我很親切。我想不到自己在無意中把自己加入到了她的潛意識裏去了。所以，我覺得自己應該給她說清楚這件事情。女孩子太喜歡夢想，太容易被虛幻的東西所迷惑。

「陳圓，有個情況你可能並不知道，在你昏迷的那段時間裏，我經常來和你說話，因為我非常希望你能夠早日醒轉過來。包括你夢中的那片花海，還有那條小溪，那都是你在昏迷的時候，我給你描述出來的東西。現在你醒來了，但潛意識裏的那種記憶還在，而且還加入了我的形象和聲音。陳圓，這下你明白了吧？」

「我不相信，也不想相信。反正我覺得你是一位好大哥。我雖然單純，但是我還是知道你對我的好是出自真心的，這一點我毫不懷疑。」她說。

我在心裏歎息：女人執拗起來的時候，是九頭牛都拉不回來的。轉念一想：這樣也好，她能夠把我當成大哥看待，至少她對今後的生活會充滿希望。於是，我頓時高興了起來，隨即用手去輕撫她的頭髮，「陳圓，我說過，我今後永遠都是你的大哥。這樣吧，抽空我把我妻子叫出來一起吃頓飯，你也好認識一下你嫂子。她是一個善良的人，你肯定會喜歡她的。對了，在你昏迷的時候，她也來看過你呢。」

「嗯。」她說，聲音很小、很小。

不知不覺中，我們就走到了社區的電梯門口處，「幾樓啊？」我問道。

「十八樓。」她說，隨即歡快起來，「馮大哥，從我們客廳的陽台上看外邊的夜景，真是漂亮極了，一會兒你看看。」

「好。」我說，「只要你喜歡這裏就好。」

下了電梯，陳圓帶著我走到住處的門口處，她掏出鑰匙開門。門打開了，我發現裏面亮著燈光，即刻看見了莊晴，她正坐在沙發上看電視。她在朝門口處看，很詫異的表情，「馮笑，你怎麼來了？」

「我來看看這裏。今天我在陳圓上班的那家酒店吃飯，就隨她一起來了。」我笑著說。

她即刻站了起來，高興地朝我們跑了過來。她的身上穿的是一條睡裙，睡裙下面圓渾的小腿漂亮極了。

「馮笑，我餓了。你說怎麼辦？」莊晴跑到我面前，手背在身後，歪著頭問我道。

「你沒吃晚飯？」我問道。

「吃了，但是又餓了。」她說，隨即嘟嘴道：「你傻啊？我的意思是讓你請我們吃宵夜呢。」

我大笑，「你現在這麼漂亮，再吃的話不怕長胖？」

「那是我的事情。馮笑，你不會這麼財迷吧？」她問道，隨即去看了一眼正在旁邊看著我們淺笑的陳圓，「你餓了沒有？」

陳圓依然在笑，但是卻沒有說話。

「走吧，你想吃什麼？」我說，隨即去問陳圓：「你呢，你想吃什麼？」

「莊晴姐喜歡什麼，我就喜歡什麼。」她回答。

我大笑，「想不到小丫頭還蠻懂事的嘛。好，莊晴，你說。」

「我們去吃兔子。泡椒兔。怎麼樣？」莊晴說。

「不可以！」讓我沒想到的是，陳圓卻猛然地大叫了起來。我和莊晴都詫異地去看她。

「馮大哥，莊晴姐，兔子那麼可愛，我們不去吃牠們好不好？」她紅著臉對我們說。

我沒有想到她會這樣對我們說，頓時覺得她更加可愛了。

對於吃東西來講，我從來都覺得我們吃什麼雞鴨魚肉都應該是一種正常，包括兔子。對於狗肉和貓肉，我倒是並不那麼反對別人去吃牠們，畢竟人類處於這個世界上食物鏈的頂層，愛吃什麼都行，只要不去虐殺牠們就行了。現在，從陳圓的話裏，我才發現自己以前的錯誤：人，是有情感的，去吃那些可愛的動物，其實也是一種殘忍。

我即刻笑了起來，「莊晴，那我們就別去吃兔子肉了。我知道一個地方的酸菜鴨子不錯，每天關門的時間也比較晚。現在我們去的話，估計好可以吃得到。」

莊晴笑道：「好吧。陳圓，對不起啊，我以前吃兔子肉的時候，只是覺得牠的肉好吃，完全沒想過牠活著時候的樣子。現在聽你這麼一說，我倒是覺得自己殘忍了。好，我們就聽馮笑的，吃酸菜鴨去。不過，我還有一個條件。」

「說吧。」我不以為意地道。

「我要喝酒。」她說。

「幹嘛？明天你休息，我可是要上門診的。喝多了明天我會難受一天的。」我急忙地道。

「那算了吧。不過明天晚上你得把酒給我們補上。陳圓明天也休息呢是不是？」莊晴說，不過她不滿的樣子卻已經顯露無遺。

「好。」我說，「莊晴，你的意思是今天不再去吃東西了？」

「誰說的？東西要吃，只是不喝酒了。」她看了我一眼，「馮笑，你今天怎麼這麼不爽快？哦，是不是想馬上回家了？是不是擔心嫂子怪你回家太晚了？」

我苦笑，「什麼啊？只不過是我明天要上門診，想早點休息。」

「那這樣。我和陳圓去吃東西，然後我把發票拿回來你給我們報。行不行？」莊晴笑著問我道。

「好啊，沒問題的。」我說。說實話，我真的想馬上回去了。最近一段時間來我每天晚上都在外邊吃飯，現在忽然想起在家的趙夢蕾來，頓時有了一種心慌的感覺。我也不知道自己為什麼會出現這樣奇怪的感覺。

「算了，一看你的心就不誠。如果你真的想請我們吃宵夜的話，就應該直接把錢給我們。哼！真是一個財迷。」莊晴不滿地道。

「給錢，我馬上給錢。多少夠了？」我急忙地道。

「哈哈！算啦，你快點回去吧。你以為我和陳圓這點錢都沒有啊？我是想看看你聽不聽話罷了。」莊晴大笑。

我哭笑不得，「好啦。那我走了啊。」

莊晴朝我揮手，「走吧，走吧，眼不見心不煩。」隨即又笑。

陳圓看著我，欲言又止的樣子。「你想對我說什麼？」我問她道。

「沒什麼。」她的臉頓時通紅。

我出了門，然後朝電梯間走去。「馮笑。」忽然聽見身後莊晴的聲音。我轉身，看見她正站在那裏似笑非笑地看著我。

「怎麼啦？」我問道，心裏莫名其妙。

她快速地朝我跑了過來，雙手緊緊地環抱在我的頸上，滾燙的唇猛然間到達了我的嘴唇上面。我頓時明白了，內心的激情在這一霎那間被她驟然地撩撥了出來……

激情來得是如此的猛烈，當我們的唇剛剛一沾上就難以分開，她嬌小的身軀與我緊緊相貼，她給予我的溫暖頓時籠罩了我。我們都忘情地熾熱地親吻著對方，我的激情勃發，伸出雙手去將她嬌小的身體擁抱起來，讓她的雙腿離開地面。我恨不能把她嬌小的軀體揉進到我自己的身體裏面去。她也很動情，她的唇一直都沒有離開過我的唇，她的吻是那麼的專心、忘我，我們周圍一片寧靜，只有她在我嘴唇上發出的「嘖嘖」聲在空氣中飄盪。

我抱起了她的身體，她即刻將她的腿纏繞在了我的臀後，我頓時有了反應，下面炙熱、腫脹得慌，而她的那個部位卻正好抵在了我的胯部，她讓我的那個部位清晰地感受到了她睡裙裏面的一切。

我激情難當，難以自己。就這樣抱著她朝電梯旁邊的疏散樓梯裏面走去……

我發現自己在激情噴湧的時候特別聰明。是聰明而不是清醒。彷彿是激情激發了我聰明才智的潛力似的，就在那一刻，我忽然想到了一個相對安全的地方——電梯旁邊不遠處的疏散樓梯裏面。那一刻我想到了一點：在這樣的樓層，唯有那個地方不會有人來往，而且它永遠都是開著的。

果然如此，我就這樣一邊親吻著她，一邊抱著她去到了那個地方。裏面一片黑暗。我準備把她放下……「別，這裏太髒。」莊晴離開了我的唇，她低聲地對我說道。我頓時一籌莫展，而內心的激情早已經湧出，心裏著急萬分，「你，你趴在牆上。」我說，隨即慌亂地撩起她的睡裙，我雙手所觸及之處是她光滑的肌膚，還有那只窄窄的小內褲。我從她的臀部將它抹下……

許久以後，我們像動物一般地完成了一切。她回轉過身來抱住我的頸項，再次親吻我的唇。猛然地，我聽到我的手機在響。

在這片黑暗中，我手機的聲音顯得有些驚天動地，莊晴似乎被驚嚇住了，她頓時放開了我。我摸出手機來看，發現螢幕上顯示的竟然是「陳圓」兩個字。只好接聽。

「馮大哥，莊晴姐怎麼還沒回來啊？」她問道。

「馬上就回來了。」我說。

「哦。」她說道，隨即掛斷了電話。

「她可能是擔心你。」我笑著對莊晴說。

「我後悔了。」莊晴親吻著我的臉頰道。

我不明所以，「你後悔什麼了？」

「早知道我就不該讓她和我住在一起了。你看嘛，現在我們只能這樣偷偷摸摸的了。」她回答說。

她的回答讓我不知道該對她說什麼了。一方面，陳圓和她住在一起我很放心，而另方面莊晴所說的也是事實。想了想後我才說道：「我們不一直都是這樣偷偷摸摸的嗎？莊晴，我很感謝你，感謝你想到把她接來和你一起住。」

「馮笑，你是不是很喜歡她？要不，我給她做做工作，到時候我們兩個人陪你好了。」她在我耳畔輕笑。

我被她的話驚呆了，「莊晴，別亂說！我對她怎麼可能有那樣的想法呢？現在我和你這樣心裏都還時常內疚呢。我已經結婚了，我不但對不起我的妻子而且也對不起你。本想從此後再也不和你這樣了，但是一看到你的時候卻又控制不住自己。哎！怎麼辦啊？」

「就這樣吧。我們就這樣過一輩子。我想過了，即使自己今後去找了一個男朋友結婚的話，還是可能背叛他的。與其如此，還不如就這樣算了。」她說，聲音幽幽的，隨即又來親了我臉頰一下，「好啦，我下面黏糊糊的很不舒服，我得趕快回去洗澡了，萬一懷上孩子就麻煩了。」

我笑，「有孩子了我就要。」說完後心裏猛地一動：這樣不是很好嗎？反正趙夢蕾也懷不上。

「你老婆是不是懷不上孩子？我聽科室裏的人在說這件事情。」她問我道。

「是啊，正準備去做試管嬰兒呢。」我歎息，「可是，試管嬰兒的成功率只有百分之三十左右，誰知道今後的情況啊。」

「那我給你生孩子好不好？」她的唇遞到了我的耳旁，低聲地問我道。

「但是，你不結婚的話，今後怎麼向其他的人交代？」我問道，很是虛情假意。

「你幫我找一個新的工作不就成了？今後我不與醫院裏的人接觸就是了。這個地方的人反正不知道我的情況。」她說。

我苦笑，「哪有那麼容易？」

「嘻嘻！和你開玩笑的。走吧，你快點回家吧。馮笑，我好喜歡和你在一起的這種感覺，每一次我都覺得好舒服、好快活，還有，嘻嘻！好刺激！」她親吻了我一下後跑了出去。

我有些擔心被別人看見，待她出去幾分鐘後，才摸索著緩緩地下樓去到樓下的電梯處。

剛剛進入家門，就聞到了一股濃烈的中藥氣味。客廳裏卻不見趙夢蕾的人影。

「你在搞什麼名堂？」我大聲地問道。

她從廚房裏出來了，臉上的笑容很燦爛，「馮笑，我去看了中醫，找的是我們省城最知名的中醫。他給我開了幾付中藥。這不，剛剛熬好。」

我哭笑不得，「夢蕾，我是婦產科醫生呢，你連我都不相信？」

「你是西醫，我聽說了，像我這樣的問題中醫才有效果呢。」她笑著對我說，隨即過來輕輕地擁抱住我，將她的身體黏在了我的身上，膩聲地對我道：「馮笑，今天晚上你可要努力哦。」

我頓時惶恐不安起來，因為我不知道自己是否還有那樣的激情。「夢蕾，中藥的療效比較緩慢，我們明天早上做這件事情好不好？明天我要上門診，今天我得早點休息。」

「你說的好像還很有道理。好，那就明天早上吧。」她說，隨即鬆開了我，

「我去廚房看我熬的藥了，你早點睡吧。」

我沒有想到她竟然如此的聽我的話，這讓我頓時鬆了一口氣。與此同時，我心裏對她的內疚就更深了。

現在我發現自己進入到了一種兩難的境地。一方面是對趙夢蕾的內疚，而另外一方面卻是在內心覺得深深地對不起莊晴，因為我根本就無法拒絕她，而且也不能給她任何一種名分。我與莊晴的關係只能像目前這樣永遠處於黑暗之中。

說實話，莊晴讓我很感動。以前我一直認為她是一個大大咧咧、不諳世事的小女孩，但是現在我才發現她竟然是那麼的懂事。特別是在我和她的關係上，她從來都沒有對我提出過任何的要求，而且也根本就沒有要破壞我家庭的意思。我很感激她，同時又無法理解她為什麼要這樣做。我馮笑算什麼？不就是一個小醫生嗎？她這樣做值得嗎？

這個問題在我心裏已經縈繞很久了，但是我卻一直沒有敢去問她。因為這個問題一旦向她提出來就會表示出我對她的懷疑。人家如此對你，你卻竟然去懷疑她，這無論如何都是不應該的啊。

第二天一大早我就起床了，卻完全忘記了頭天晚上對趙夢蕾的承諾。不過她提醒了我。她在我起床的時候就已經醒來。「馮笑，我在等你呢。昨天晚上我可是喝了中藥的。」

我被膀胱裏的尿液憋得慌，由此也產生了晨舉。所以我對自己很有信心。於是我朝她笑道：「你等等，我去上了廁所再說。」

可是，讓我沒有想到的是，當我排完了膀胱裏的尿液之後，我的那個部位竟然也隨之萎頓了下去。在廁所裏我嘗試著用手活動了它幾下，但是它卻一點不聽話。它根本就沒有任何的反應。我在心裏暗自著急，暗呼「糟糕」。

不過，我卻必須去面對她。與此同時我還在心裏暗自僥倖——萬一一會兒就行了呢？

我心裏惴惴著去到了臥室，駭然地看見，她，竟然已經變得一絲未縷了……

「馮笑，快來啊。」她在朝我招手，臉上是嬌媚的笑容。

我心裏依然惴惴不安，然後去到了床上。

「怎麼不脫衣服？」她問。我只好脫去自己身上的睡衣。她過來擁抱住了我，嘴唇在我耳邊輕聲地道：「親親我，我下面都已經濕了。」

於是我很聽話地去親吻她，但是卻發現自己依然沒有反應。頓時更加惶恐。我發現，自己越是惶恐就越是來不了激情。雖然自己明明知道這個道理，但是卻無法控制自己這種惶恐的情緒，於是就形成了一種惡性循環。

「咦，你怎麼啦？」她發現了我沒有反應的狀態，隨即將她的手伸到了我的胯間，詫異地問道：「怎麼沒反應？」

我苦笑，「可能是擔心遲到，所以有些緊張。」

她看了看時間，「不是還有一個小時嘛，要不了那麼長時間的。」

「我知道啊，可是就是緊張啊。我擔心一時半會完成不了。要不這樣，你幫我把它弄起來。」我說。

「算了，我覺得還是要自然一些的好。這樣吧，你中午回來後我們再努力。上午我再喝一次藥。」她說。

我大喜，如同大赦，「好，那我馬上去醫院了。」

「冰箱裏面有早餐，你自己拿到微波爐裏去熱一下。我得繼續睡覺，為了我們今後的孩子，我必須休息好。」她說，隨即嘀咕了一句：「馮笑，你真是的，我等了一個晚上，你……」

我慌忙地道：「中午，中午我一定努力。」

第五章

任務性質的歡愛

我發現自己已經開始出現對趙夢蕾的審美疲勞了，
正因為這緣故才使得我在她面前難以產生激情。
我不喜歡這種任務性質的歡愛，但任務卻必須完成，
為了趙夢蕾的心願，也為了讓她對藥物失去希望，
最終同意去做試管嬰兒。

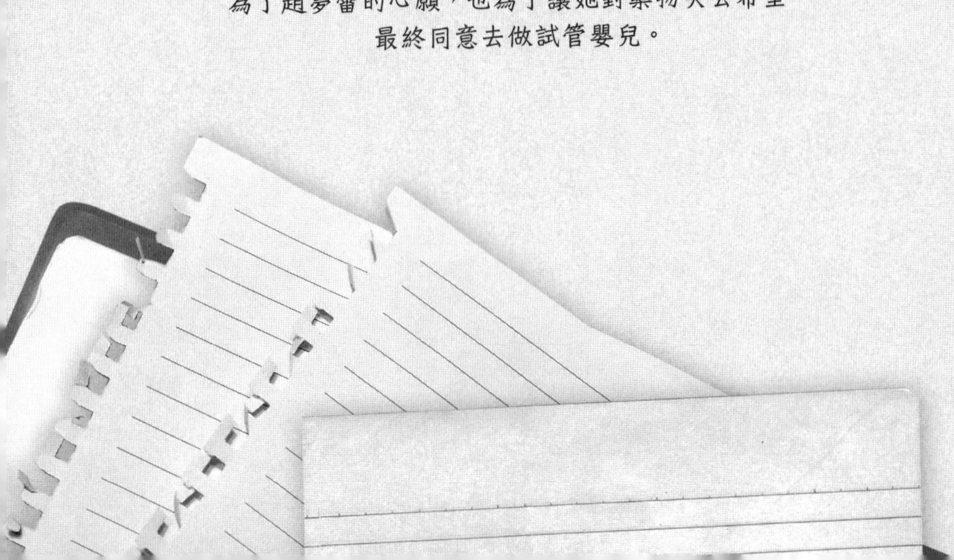

在去往醫院的路上，我一直在想：萬一中午還是不行呢？

我發現自己已經開始出現對趙夢蕾的審美疲勞了，正是因為這個緣故才使得我在她面前難以產生激情。或者不是這樣的。隨即我又想道，或許是因為我不喜歡這種任務性質的歡愛。

可是，這個任務卻必須完成，為了趙夢蕾的心願，同時也是為了讓她對藥物完全失去希望，最終同意去做試管嬰兒。

我在去往醫院的路上一直在想這個問題，也在想如何才能讓自己中午的時候能夠圓滿地完成這個任務。當我到達門診診室的時候，我忽然有了辦法。

有事情做而且在專心致志的狀態下時間就過得很快。我還沒什麼感覺就到了下班時間了。出了醫院後，我去到了距離醫院比較遠的一家藥店，買了一盒可以讓男人雄壯起來的藥物，在撤掉包裝後，將藥片放到了自己的褲兜裏。

我買藥的時候心裏很彆扭。雖然藥店的服務員並沒有用奇怪的眼神看我，但是我依然感到彆扭，而且在心裏總覺得她的眼神有些怪異。付錢後，我幾乎是從藥店裏逃跑出去的。

家裏的中藥味道依然很濃。

我發現，餐桌上的菜特別豐盛，竟然還有海鮮。

「我們都好好補補，吃完飯後我們好好努力。」

她將裝滿米飯的飯碗遞到了我的手裏。我如卷殘雲般地很快就吃完了。因為我必須趁她還沒吃完之前到廁所裏悄悄吃下自己買回來的藥。

那種藥果然有效果，在我剛剛服下不到五分鐘的時間後，我就頓時感覺到自己下面開始有了反應。

「快點啊。我下午還得繼續上班呢。」我去到臥室前催促了她一聲。

「馬上來。我先去洗個澡。」她朝我媚笑了一下。

它起來了，完全地起來了。

躺在床上的我，在等待她的到來。不過我心裏依然擔心，我擔心藥效會很快過去。

終於完成了。

當我疲憊地從她身上頹然倒下的時候，發現她已經進入到了沉睡的狀態。剛才，她比我還激情四射，從呻吟聲到後來肆無忌憚的嚎叫聲讓我都感到駭然。而現在，她沉睡了過去，我知道這是她在得到極度滿足後的一種狀態。

我去洗澡，然後開始蒙頭大睡。

可是，我醒來的時候發現糟糕了——我的那個部位竟然正雄壯地挺立著。急忙去到廁所，拚命地擠出了幾滴尿液後，卻發現它依然沒有任何的改變。頓時慌張起來——下午我還得上門診呢，這個狀態怎麼得了？

她依然在熟睡，我去躺倒在她身旁，輕輕地推了推她的肩膀，「夢蕾……」

「你去上班吧，我反正沒事，我好好休息一下。」她嘀咕著在說。

「夢蕾，我還想來一次。」我對她說。

「我太累了，你自己來吧，我不動。」她的聲音依然含糊不清。

得到了她的同意，我便開始在她身上快速地運動了起來。可是，半小時後卻發現自己根本就沒有噴射的欲望，想到距離上班的時間越來越近，我只好停止了這種毫無意義的固定動作。

起床後快速地穿上衣褲，但是自己的那個部位卻依然挺立。我不敢再耽擱，急忙背上一個挎包，將挎包放在自己身體的前方去遮掩那個部位，然後出門。

我平時很少背這個挎包去醫院，但是今天它變得非常的必要了。

本以為到醫院後這種狀況會發生改變，但是我發現自己錯了。我完全沒有想到那種藥物竟然如此厲害。

到了診室後，這種狀況依然沒有緩解。我背對著護士穿上了白大衣，同時對她說道：「出去叫號吧。」

趁她出去的時候，我急忙去拿了一卷膠布。

病人進來了，卻是胡雪靜。

「你怎麼掛號啊？直接來看就是了。」我詫異地問她道。

「我沒掛號啊。我跟護士說我是你熟人。她就讓我進來了。」她笑著對我說。

我下面脹脹的很難受，「你等我一會兒，我去方便一下。」

在廁所裏，我將自己關進到一個空格裏，脫下褲子然後用膠布將自己的那東西捆綁在了一側腿上。雖然很難受，但是這樣不至於讓我一會兒出洋相。

「上午怎麼沒有來？」我問她。

「我和他大吵了一架。他不承認，反倒說是我的問題。我決定了，我要和他離婚。」她憤憤地說。

「他什麼態度？」我問道。

「他氣沖沖地離開了家。我就知道是他心虛了。因為他沒有答應我離婚的請求。」她說。

「胡經理，有句話不知道我該不該說。」我坐在椅子上，下面很難受，但我必須保持著一種心平氣和。

「嗯，你說吧。」她點頭道。

「胡經理，現在這個社會的誘惑太大了，所以很少有男人不在外面犯錯誤的。不過我覺得只要他的感情還在你身上，同時家庭責任感也很強的話，你就應該原諒他。你想想，假如你真的和他離婚了，你就能夠保證自己的下一個男人不會那樣嗎？」我說。

「可是，他不應該說是我的問題啊？他自己如果承認了，或許我會原諒他的。」她憤憤地道。

「這不是正好說明他害怕，害怕失去你嗎？這其實就是一種狡辯，也是一種遮掩。胡經理，你是聰明人，何必呢？」我依然勸她。

「不，我就是要和他離婚。」她斷然地說道，「馮醫生，麻煩你給我開檢查單吧。現在我懶得去想這件事情，先把我的病治好了再說。」

我唯有苦笑。

很快地就給她開了一張B超檢查單，「今天做檢查的人不會很多，我就不給B

超室打招呼了。」

「嗯。」她接了過去後就準備離開。我急忙叫住了她，「胡經理，我想麻煩你一件事情。」

「你這麼客氣幹嘛？」她看著我笑。

「小事情。呵呵！我有點不大舒服，想麻煩你去給我買兩瓶冰凍了的礦泉水。可以嗎？」我說。

她有些為難的樣子，「馮醫生，這個季節哪裏來的冰凍礦泉水啊？」

「那就雪糕。只要是冰的，什麼都行。」我急忙地道。

「你發燒了？」她關心地問。我點頭，心裏汗顏不已。

胡雪靜給我買來了一大堆雪糕。以前我可是從來都不吃這東西的，但是今天卻不得不一隻一隻地去吃它們。因為每隔一會兒，我就會感覺到自己身體裏的血液開始沸騰起來，唯有這東西才可以抑制住。

胡雪靜的B超結果出來後，我還是不能判斷她子宮裏究竟是什麼樣的問題。因為B超顯示她的子宮上只有一個包塊，但是卻無法判斷那個包塊的質地。

「必須做CT，或者核磁共振。」我對她說。

「做。」她就一個字。於是我又給她開了一張檢查單。

一小時後結果出來了，是一個膿腫。同時，還發現她子宮上面有著兩個肌瘤。不過肌瘤很小。正因為如此，B超檢查的時候才沒有被發現。現在很多東西都是要靠金錢說話的，核磁共振的費用可要高多了，所以才可以檢查到細微的東西。

「住院吧，儘快開刀。問題不是很大，不過得儘早手術。」我給她提出建議。

像她這種情況很少見。因為慢性淋病很少會出現膿腫生長在子宮壁上的情況。當然，手術的目的主要還是為了切除她的那兩個肌瘤，同時順帶把那個膿腫切除掉。其實她很幸運，因為那個膿腫的被膜很厚，否則的話，早就引起全身的感染了。所以，手術得越早越好。

她答應了我的建議。我隨即給她開了住院單，然後給科室打了個電話，讓今天的值班醫生把她安排在我的病床上。

在給病人看病的間歇，我給莊晴發了個簡訊：馬上去酒店開一個房間，然後告訴我酒店名稱和房間號，下班後我馬上就來。

半小時後，她就給我回覆了簡訊。她開房間的那家酒店就在她住的地方不遠處。一會兒後她又給我發了一個簡訊過來：想我了？

我苦笑，隨即刪掉了她的這兩則簡訊。

全靠胡雪靜給我買來的雪糕，它們讓我安全地度過了整個下午。下班後我匆忙地去到廁所，發現裏面很多人，只好無奈地出醫院去搭車。自己的那東西捆綁在腿上讓我很難受，但是我毫無辦法。

剛剛一敲門，莊晴就打開了房門，隨即緊緊地將我擁抱，然後開始激情地親吻。我急忙擺開了她，「別，我馬上得脫掉褲子。」

她看著我笑，「這麼著急？」

我苦笑，「不是。」隨即快速地將褲子脫下。她看著我，當我下身一絲未縷的時候，她猛然地驚叫了一聲，隨即大笑，「馮笑，怎麼會這樣？」

「別笑，你快幫我把膠布扯下來，輕點啊。」我來不及向她解釋，急忙地對她道。

她是護士，做這樣的事情果然很有經驗——她快速地去到洗漱間，用毛巾沾了些溫水後，開始給我熱敷。

熱敷可以讓膠布快速脫落，但是卻使得我更加難受。就在她扯脫我身上膠布的那一瞬間，我猛然地把她按倒在了床上……

在進行了一個多小時後，我終於發洩了出來。她卻如同趙夢蕾一般地沉睡了過去。許久之後，她才悠悠醒轉過來，「馮笑，怎麼回事？今天你怎麼這麼厲害？你真好，我差點死了。」

「還不就是你。讓我回家後與老婆就沒有了激情……」我苦笑著說，於是將今天的整個過程告訴了她。

她聽得目瞪口呆。待我講完之後，她再也忍不住地大笑了起來。

那種藥物真的很厲害，那天晚上我和莊晴進行了三次後才讓我完全地正常了起來。中途聽到手機響了幾次，我的和她的都在響。但是我們都沒有接聽。沒有時間，也沒有精力。因為每次結束後，我們都要休息很久，而那種休息其實是沉睡。到晚上十點過，當我感覺到一切都恢復到正常後我才去看電話，她也在看，「是陳圓打來的。」她和我同時都在說。我頓時想起了昨天晚上的約定。

「沒事，她肯定已經吃了。」莊晴懶洋洋地道，「可是，我已經餓慘了。」

「我也餓了。走吧，去吃東西。」我說，心裏很感激她，同時也很憐惜她。

「馮笑，你老婆怎麼那麼好？我發現她很少主動給你打電話。」她卻忽然道。

「別說她好不好?我心裏很慚愧。對她、對你,我都感到很慚愧。」我說。

「馮笑,你知道我為什麼這麼喜歡你嗎?」讓我想不到的是,她竟然自己向我提出了這個問題來。

這個問題我曾經想過很多次,但是卻都找不到結果。因為我實在無法理解。

「莊晴,我一直也很困惑。本來好幾次都想問你,但是卻一直問不出口來。因為我不敢,我害怕自己辜負了你對我的這種好。」我說。

「馮笑,你知道嗎?我發現自己愛上你了。」她輕聲地對我說道。

我心裏頓時湧起一股暖流,我並不懷疑她的這個說法。我曾經也想到過這一點,但是我不敢相信。

「莊晴,我已經結婚了,你何必呢?而且我不就是一個小醫生嗎?我值得你這樣喜歡我嗎?」我將她擁入到自己的懷裏,親吻著她的秀髮說道。

她的頭在我胸膛上面,她的手在撫摸著我的腹部,「馮笑,本來第一次我只是想報復一下宋梅對我的冷漠。雖然我平時看上去瘋瘋癲癲的,但是我認識的人很少。當時我覺得你還不錯,所以就選擇了你。

「我們的第一次,你讓我好銷魂。還有那天晚上,我第一次感覺到了作為女人的幸福。本來想從此忘記你,但是我發現自己已經做不到了。特別是後來我發現你對待病人是那麼的好，那麼的真誠，我就開始被你感動了。

「馮笑，那天晚上我們一起吃飯的時候我見到了你老婆，我看到她的時候有些自慚形穢。她是那麼的漂亮，而且對你是那麼溫柔。我當時就很難受，覺得自己很對不起你老婆，所以我從來都沒有想到過讓你離婚後和我在一起。但是我發現自己真的已經離不開你了。

「那天，你與宋梅在茶樓裏說的那些話，我都聽見了，我很感動，因為我發現你才是真正地把我當成了你的朋友，當成了你的女人在對待。如果你要問我是什麼時候開始愛上你的話，那我就告訴你吧，就是那天，就在那家茶樓裏面。」

她絮絮叨叨地在說，語句有些混亂，但是我完全領會到了她的真心。所以我愈加的感動，心裏也更加的慚愧。

「莊晴。我也很喜歡你的。我說的是真話。但是，我不可能和趙夢蕾分開。這不是我的託辭。因為你可能不知道，趙夢蕾的第一次婚姻很失敗，她經常遭受到她前夫的毒打，還有精神上的虐待。還有就是，在我中學的時候我暗戀過她，她讓我這麼些年來一直不能忘懷。

「有時候我就想，或許我一直沒有談戀愛的原因也是因為自己對她的思戀。所以，我不可能和她分開。一方面我覺得能夠和她結婚是上天對我的眷顧，另一方面我也不想讓她再次受到傷害。可是，我對你也有著很深的愧疚。我不知道該如何報答你對我的這種感情。真的，我現在很矛盾，真的很矛盾。」我說，說到後來的時候有些哽咽。

本來我很想對她說：我想把那五十萬給你。但是我沒有說出口來，因為我害怕褻瀆了她對我的這份感情。

「我知道，我知道的。」她在輕聲地說，「馮笑，假如我懷上了你的孩子的話，你怎麼辦？」

我頓時怔住了，一會兒之後，我才輕聲地歎息道：「我也不知道。」

她長長地歎息了一聲。我的心忽然覺得好痛。

我很快就給胡雪靜安排了手術。

她的手術很成功。畢竟是一個中等手術，對我來講不算是什麼難題。手術後我吩咐護士細心關照她，特別是要注意觀察她血液的感染情況，為此，我每三天給她做一次血液細菌培養。

最開始的時候，細菌培養顯示她的血液裏確實有淋球菌存在，而且還有一定的耐藥性，我即刻給她換了更高級的抗生素。後面的治療效果就很好了，一直到她的問題完全解決。

手術當天，她的丈夫就來了，但是卻被她大罵了一頓。這是一個顯得有些帥氣的中年男人，而且風度翩翩。不過他在他老婆面前完全沒有了脾氣，在被大罵一頓之後灰溜溜地離開了。讓我想不到的是，第二天我卻接到了他的電話——「馮醫生，我是胡雪靜的丈夫。我叫斯為民。請問你什麼時候有空啊？我想請你喝茶。」

我內心很想幫助胡雪靜，很想挽救她的家庭，因為陳圓。現在，我特別擔心陳圓再次受到傷害，所以我希望胡雪靜能夠給她更多的關懷和幫助。我始終相信人與人之間的關係是一種相互的情感關係，所以我希望能夠通過自己的努力讓胡雪靜對我有所回報。而我所要求的回報只有一個：請她多關心陳圓。

所以我答應了，就在當天的下午。因為我正好值夜班，所以下午可以早點離開病房。

我把地點選擇在了醫院對面的那家茶樓裏面。

斯為民穿了一套筆挺的西裝，頭髮也是仔細打理過。我沒想到他竟然這麼正式，這讓我感到有些不大習慣。不過我對他的感覺與上次看到的他不大一樣，我發現現在的他很有派頭。

我們握手，他笑著對我說：「非常感謝馮醫生能夠答應我的請求。」

「胡經理曾經給了我朋友很大的幫助，你是她的丈夫，我應該來的。」我說。也許我的這句話有點得罪他，因為我的話告訴了他：我答應你並不是因為你，而是因為你的老婆。

他點頭，「我明白。」

「胡經理的手術很成功，你不要擔心。你們的事情我都知道了，也許你會在心裏怪罪我，因為她的病是我給她檢查出來的，由此才波及到了你，還有你們的婚姻。不過請你一定理解，我們只能這樣做。哎！其實你應該早點找我的，因為我當時告訴她說，到公共浴池或者使用公共場所的座便器，也有可能感染上那樣的疾病。」我又說道，其實是在向他示好。

「我知道問題是出在我這裏。」他歎息道，「那天我對她說了那樣的話之後，心裏一直很愧疚，我不該懷疑她的。」

他的話讓我很疑惑，「既然你覺得是你自己的問題，幹嘛還要去懷疑她呢？」

「因為我從來都沒有背叛過她。」他說。

我更加迷惑了，「那怎麼會呢？說實話，我說的公共浴池、座便器什麼的，在那種情況下被傳染的可能性幾乎為零。」

「馮醫生，你聽我說。」他隨即講出了事情的根源來。

我與斯為民在茶樓裏面坐了一個小時，後來他說要請我吃飯，但是被我拒絕了。我拒絕的理由很簡單：因為我要值夜班，吃飯的事情安排在今天不合適。其實我拒絕他的真正原因是：我不想和一個自己不熟悉的人吃飯，因為那樣會讓我感到彆扭。

不過我還是答應了他去做胡雪靜的工作。既然他已經說清楚了事情的來龍去脈，我覺得胡雪靜應該會原諒他的。

據斯為民講，他染上性病完全是在不知覺的狀態下。他告訴我說，兩個月前他參加過一次同學聚會，去參加那次聚會的有一位是他大學時候非常喜歡他的女同學。但是他從來對那位女同學就沒有什麼感覺。不過那天晚上他喝醉了，第二天早上醒來的時候，卻發現自己睡在一家賓館裏面，他依稀記得是那位女同學送他去到那家賓館的。

三天後他就發現了狀況。他發現自己小便的時候開始有疼痛的感覺，尿道口還有少量的膿液。他這才明白了那天晚上可能發生了什麼。不過他沒有伸張這件事情，因為他不想和那位女同學再發生任何的糾葛，所以他只能把那天晚上的事情當成什麼也沒有發生過。但是他不敢去醫院，所以就自己悄悄到藥店裏買了藥來吃了。後來他發現自己的症狀很快就消失了，才敢放心大膽地與自己的老婆同床。

「馮醫生，如果不是她被檢查出了這種病的話，我還根本就想不起來那件事情。因為我是在自己已經正常的情況下與她同床的啊。那段時期我很害怕，於是就藉故出差沒回家。還有就是，我並不是主觀上的背叛她啊，那天晚上的事情完全是在我酒醉的情況下發生的，我什麼也不知道。」他最後說。

我覺得事情如果是那樣的話就好說了。因為我覺得他說的確實是那樣：並不是他主觀上的背叛，所以責任不在他那裏。

不過我最後也對斯為民說了一句話：「既然是這樣，那說明你的問題也還沒有完全解決，所以我建議你進行徹底的治療。」

「最近我一直在輸液。」他說。

在與斯為民分手後，我一直在想一個問題：假如趙夢蕾知道了我與莊晴的事情後，她會怎麼想？我又會怎麼辦？因為我的情況與斯為民完全不同。我是主觀上的背叛。

晚上夜班的時候，我去到了胡雪靜的病房，「你先生今天請我喝茶。」我直接告訴了她。

「我不可能原諒他。」她說。很明顯，她清楚她丈夫找我喝茶的目的。

「胡經理，這件事情可能與你想像中的不大一樣。」我說，隨即把斯為民告訴我的情況對她講了一遍。

她聽完後一直不說話。我知道，她猶豫了。

可是，當我正準備離開的時候，卻聽到她對我說了一句：「現在反正就憑他自己隨便說了，他的證據呢？」

我一怔，隨即道：「很簡單，你去問問那天參加他們同學會的同學不就知道了？你去問問，那天晚上他是不是喝醉了？他喝醉後是誰陪他離開的？當然，這裏面最關鍵的問題是：以前上大學的時候，你丈夫是不是喜歡過他的那位女同學。或者，你乾脆直接去找到那個女人也行。不過我倒是覺得你沒有必要那樣去做。因為從你丈夫現在的情況來看，他對你確實是有真感情的，不然的話，他早就答應離婚了。胡經理，我覺得這就夠了。你說是嗎？」

她再也沒有說話了。我覺得自己的工作已經做得仁至義盡了。

第二天我休息。想不到的是，趙夢蕾竟然也請了假在家。

「我覺得自己吃了中藥後很有效果。今天你休息，我想和你再努力努力。」她對我說。

「夢蕾，我是婦產科醫生，我完全知道你的情況。我告訴你啊，中藥是根本不可能解決你目前的問題的。你這完全是在自己麻醉自己。你聽我的吧，馬上去做試管嬰兒。」我覺得她已經變得神經質了。

「不，我不忙去做那個。我說了，不到萬不得已我是絕對不會去做那玩意的。最近我在網上查過試管嬰兒的相關情況，也去過圖書館查閱過相關的資料。我發現，試管嬰兒不但成功率低，而且那樣的孩子今後會出現很多的缺陷。我就想：與其今後生下一個有缺陷的孩子讓他和我們痛苦一生，還不如不要呢。不行，我必須得正常懷孕，我希望我們今後有一個健康的寶寶。」她說。

我拿她毫無辦法，頓時覺得自己很悲哀。因為我可以說服自己大多數的病人按照我的意圖去進行治療，但是卻根本無法說服自己的妻子。

不過我實在無法拒絕她，所以通過在腦海裏浮現起莊晴的模樣的狀況下，才勉強與她努力了一次。現在，我發現自己根本就不需要通過藥物讓自己勃起，因為莊晴就是最好的藥物，而且還不會產生像上次那樣讓人尷尬的副作用。

趙夢蕾非常滿足地從我懷抱裏離開了，然後又去開始鼓搗她的那些中藥。

我心裏很不好受。因為我覺得她很可憐，可憐得讓我不忍去傷害她一絲一毫。但是，我的內心卻又產生了一種自我安慰的理由：她這種情況，我背叛她應該不完全是我一個人的責任。

下午我好好的睡了一覺，醒來後發現手機上有一則簡訊：晚上一起吃飯吧。是莊晴發來的。

我想也沒想地就即刻刪除了這條簡訊，然後出門。離開家的時候，我對趙夢蕾說了一聲：「朋友叫喝酒。」

「嗯。」她說，就這一個字。

「陳圓呢？」我和莊晴在一家酒樓坐下後問她道。

「她今天上班，你不知道啊？」她反問我道。我說：「哦。」

她看了我一眼，「我們吃快點，然後去我的住處吧。」

我當然明白她的意思，頓時來了激情。我看了看時間，發現即使我們吃一個小時的飯，接下來的時間依然很充裕，於是說道：「不著急，慢慢吃。」

她頓時笑了起來，低聲地笑著問我道：「馮笑，今天你那東西不會又是綁在腿上的吧？」

我心裏頓時一蕩，「我不吃藥也很厲害的。」

「那是。」她笑，「你躺在床上就是一個『木』字。」

我一時間沒有明白過來，「怎麼會是『木』字呢？」剛剛說完就明白了，差點大笑了起來，「莊晴，你真像一個小蕩婦。」

「我只在你面前這樣。」她即刻斂住了笑容，噘嘴道。

我發現自己剛才的那個玩笑開得太大了，急忙地道：「對不起啊，我也只在你面前開這樣的玩笑。」

她卻並沒有真正生氣，又低聲地對我說了一句：「馮笑，我今後在私下不再叫你馮笑了。」

我很好奇，「那你叫我什麼？」

隨即心裏猛然地緊張了起來：她不會叫我老公吧？

她看著我「咯咯」地笑，笑聲像一隻年齡不大的母雞，「我今後叫你『綁腿』」

我哭笑不得，「別這樣叫啊。我當時不也是沒辦法嗎？你想，在那種情況下要是被病人發現了我的那種狀況的話，可就麻煩了。」

「開玩笑的，我們快點吃飯吧，早點回去。」她拋給了我一個媚眼。我心裏再次一蕩。

說實話，宋梅這人還是有些情調的。那天晚上我第一次來這裏的時候並沒有十分注意這地方的細節，只是在客廳站了一會兒就離開了。而且，當時我的注意力完全在莊晴和陳圓的身上。

今天晚上，我和莊晴一起吃完飯後，就直接到了這個地方，進屋後我就急不可耐地想去親吻她，但是卻被她推開了。「我先去洗澡，昨天才乾淨。」她說。我當然知道她所說的「乾淨」，指的是她的月經。

她去到了洗漱間，我這才開始慢慢打量起這個地方來。

客廳裏是淡黃色的主基調，讓人感覺很溫暖。布藝沙發卻是淡紅色的，與整個客廳很和諧。此外，這裏的電器也不是常規的黑色或者灰色，它們都是淡黃或者淡紅的色彩，包括客廳角落處的那台空調櫃機也是這樣。這是一套三室一廳的房子，我一間間看過去。

這是莊晴的房間，因為裏面有她的照片。她房間的床有些大，床寬在兩米左右，床上的用品質地很不錯，給人以厚重溫暖的感覺。房間裏的衣櫃也很大，而更醒目的是那個大大的梳粧檯。梳粧檯上擺滿了各色的化妝用品，我不懂這些東西，只是感覺它們品種很多，仔細看了一下，發現都是一個牌子，英文的。

想不到她也用這些玩意。我心裏想道。在我的感覺中，莊晴一直都是清純的，似乎她與化妝品沒有什麼關聯。但是現在看來，她和其他女性一樣都對化妝品有著不一樣的偏好。

另外一個房間是陳圓的。這裏面有著她獨特的氣息。房間比較小，一張小床，一個簡易的衣櫃。床邊是一張小几，小几上有幾套樂譜。床上是活潑的碎花被子和床單，床上那只大大的白色的布狗熊憨態可掬，它毛茸茸的樣子煞是可愛。總之，她的房間更像一個兒童房。想起陳圓的可愛來，頓時笑了。

還有一個房間，裏面也是大大的床，藍色基調。我進去後的第一眼所看見的並不是這張床，而是那排大大的書櫃。書櫃上擺滿了各種書籍，從世界名著到中國古典小說，從時下流行的網路小說到金庸、古龍的武俠一應俱全。讓我感到驚訝的是，在書架的正中間竟然是醫學類的專業書籍。除了內科、外科、傳染科等專科的學術著作之外，更多的還是婦產科方面的專著，我取出一本來看了看，發現竟然是我最近正準備去買，但是卻還沒有來得及去買的一本最新版本的我國一位知名婦產科專家的專著。興趣頓時盎然，隨即開始翻閱起來。

「怎麼樣？還滿意吧？」才翻閱了兩頁，我就聽到莊晴在問我道。我轉身去看，發現她正站在房間的門口處。

「你買的？」我笑著問她道，心裏頓時有了一種感動與溫情。

「是啊。」她說，「其他的那些書是宋梅以前買的。這些專業書籍是我買的。我去請了好幾個科室的教授給我開具了書目的單子，然後照單買回來的。婦產科方面的書籍是找到蘇醫生幫我開的單子。」

我覺得有些奇怪，「他們沒問你為什麼要買這些書？」

「問了啊，我說我想考婦產科的研究生呢。哈哈！他們都鼓勵了我一番呢。」她大笑。

「你也可以考的。」我也笑著說。

「我哪裏考得上啊？我那外語水準，像廣東人說漢語一樣。」她又笑。

「這是我的房間？」我問道。其實也不需要問的，這已經很明顯了。

「是啊，喜歡嗎？」她回答說。

我點頭，這才注意到了房間一角處的那台電腦，「嗯，還有電腦，很不錯。」

「是啊，平常我沒事的時候就跑到這個房間來上網的。」她說。

「你不應該這樣。」我嚴肅地對她說。

她頓時很吃驚的樣子，「怎麼啦？」

「你把這地方佈置得這麼好，我會樂不思蜀的。」我說，忍住沒笑。

她頓時也大笑了起來，隨即過來將我抱住，「馮笑，我就想你經常來呢。」

「那你怎麼會讓陳圓來這裏住呢？這豈不是很不方便？」我撫摸著她的秀髮、柔聲地問道。她剛剛洗完了澡，秀髮有著一種特別的讓人迷醉的氣味。

「你那麼關心她，我想我也應該替你做點什麼吧。她不是間天一次上班嗎？趁她不在的時候，我們就可以單獨在一起了。」她低聲地回答我。

我沒有想到她竟是如此的替我著想，心裏更加的感動了。「莊晴……」我動情地呼喚了她一聲。

「我們快點吧，萬一你今天又像上次那麼厲害呢？到時候陳圓回來了，就麻煩了。」她仰起了頭來，媚著眼對我說。

我內心的激情頓時勃發，即刻從她的雙肩處將她的睡衣抹下。眼前是她白皙、柔嫩的肌膚……

我發現自己對她的身體有著一種從不厭煩的迷戀。

她是如此的美麗，身體的一纖一毫都是那麼的完美。她有些瘦弱，但是卻發育得非常好，這就讓她顯得更加動人，因為她身體的曲線也就被襯托得更加完美了。

我特別喜歡她的小腿。它是如此的漂亮，漂亮得找不到一絲的瑕疵。我已經有很久沒有像今天這樣仔細地欣賞她小腿的美麗。此刻，它就展現在了我的面前，我忍不住地俯身去親吻它。嘴唇觸及之處是一片令人心脾的清涼。

「馮笑，你怎麼去親我那裏？」她「咯咯」地笑著問我道。

「你的腿好美。你自己不知道嗎？」我喘息著問她道。

「不就是腿嗎？」她依然在笑，「你別親我那裏了，我覺得好癢。」

「那我親你上面？你腿根部的那個地方？」我問，內心激蕩。

「嗯，你也反過身來，我也親你那裏。」她說，聲音像絲一般地直達我的心底，讓我的心臟顫抖、悸動。

我轉身……頓時便感覺到自己的那個部位被一種從未有過的溫暖包裹住了，我感覺到自己彷彿如遭電擊般的全身顫慄了起來。這是一種多麼美妙的感覺啊，這種美妙的感覺我從來沒有體驗過。這一刻，我猛然的有了一種靈魂出竅的美妙感受，彷彿自己身體的每一個細胞都開始激動了，它們都開始歡呼與雀躍。在一種巨大的震撼之後，一種電流的東西便開始絲絲入扣地竄入到了我身體的每一根神經裏，它們正引導著我心靈的勃發……

我開始呻吟。這是一種發自心靈深處的呻吟，是一種對美妙感受的歌唱。我忘記了一切，忘記了去回報她——我閉著雙眼，讓自己竭力地去感受著這美妙的一絲一毫，我沒有兌現自己說要去親吻她那個部位的承諾。

我發現這種方式比我們曾經有過的那些性愛方式更讓人銷魂……

「莊晴，我好舒服……」我大聲地嘶鳴了一聲。

「啊……」可是，這時候我卻猛然地聽見她發出的是一種驚恐的聲音。我急忙睜開眼，「怎麼了？」眼前是她驚恐的面容，她在朝著房間的門口處看。

急忙轉身，頓時也駭然。

陳圓，她正站在房間的門口處，她正在那裏張大著嘴巴怔怔地看著我們。

這一刻，我完全地驚呆了，腦子裏面一片空白，身體頓時僵立在了那裏。

「陳圓，關門！」莊晴卻已經反應了過來，她大聲地對著門口處大叫了一聲，有些氣急敗壞。

「啊……」陳圓猛然地發出了驚恐的叫聲，她從門口處消失了，並沒有替我們關上房門。隨即我聽到外邊的防盜門發出了「砰」地一聲。她剛才的那聲尖叫依然在我耳邊迴盪。

「馮笑，我受不了了，你快，快上來。我們趕快做完。」莊晴已經放開了我，她在對著我大聲地說道。

我卻依然呆立著，我還沒有從剛才的驚嚇中恢復過來。

一瞬之後我頓時清醒了一絲，因為她已經把我推倒在了床上，她就在我的身體上面，她主動地讓我進入到了她的身體裏面。

我的腦海裏全是剛才陳圓驚恐的面容，莊晴在我身體上面套弄了幾下之後，我猛然地推開了她，「別……她會不會出事情？」

「小姑娘沒見過這樣的事情，被嚇住了。沒事。」她卻氣喘吁吁地說道，「馮笑，快啊，我受不了了。」

我已經完全沒有了激情，頓時感覺到自己已經徹底地萎頓了下來。於是搖頭苦笑道：「我不行了，被嚇住了。」

「我再讓它起來。」她說。

「下次吧，莊晴，我們快起來。」我搖頭道，激情早已經像潮水般的退去，心裏只有羞愧與惶恐。

「……她今天怎麼這麼早就回來了啊？好奇怪。」她這才停止了她的動作，隨即在那裏喃喃自語。

我也覺得很奇怪：是啊，她今天怎麼這麼早就回來了啊？不是還有一個小時才下班的嘛！

「你是不是要馬上離開？」我穿上衣服後，莊晴問我道。

我搖頭，「總得與她見面的啊。」

「那你準備怎麼向她解釋？」她又問。

我依然搖頭，「不解釋。就如同今天的事情沒有發生過一樣。莊晴，今後我們不能再在這地方做這件事情了，太危險了。」

「這丫頭，肯定是有意這麼早回來的，她肯定早就懷疑我們的關係了。」她說道，卻沒有生氣的跡象。

我不同意她的這個看法，「不可能，她沒有那麼複雜。何況，她這樣做對她又有什麼好處呢？」

「那是為什麼？今天她不該這麼早就下班啊？」她疑惑地說，隨即來看著我，「馮笑，你還是先回去吧。現在你看見她畢竟太尷尬了，我和她好好說說。」

「你準備怎麼跟她講？」我覺得她的話有道理，但是卻不大放心。

「我就說我很喜歡你。我和她都是女人，我好說一些。你走吧，嘻嘻！你現在肯定很難受是不是？你趕快回家和你老婆做一次就好了。」她用怪怪的眼神看著我，同時在笑。

「那你怎麼辦？」我問道。當然是和她開玩笑。

「討厭！我的事情你就不要管了。」她笑著瞪了我一眼。

我打開了房門然後朝外邊走去，心裏依然忐忑。我去到電梯間，然後摁下下行的按鍵，幾分鐘後電梯到了。電梯門已經打開，我正準備進入……「馮大哥。」猛然地，我聽見自己的身後傳來了陳圓的聲音。她的聲音是顫抖的。

我的身體頓時震顫了一下，一會兒過後才緩緩地轉身……

她就站在那裏，白色的燈光下她的臉一片通紅。她的臉、脖子，甚至連耳朵都是紅色的。多麼奪目的紅啊，紅得彷彿要滲出血來。我看著她，羞愧得無地自容，感覺到自己在朝她笑，同時也感覺到自己臉上的肌肉在顫動著收縮，「陳圓，我，我回去了，改天我再來看你。」

「馮大哥，你，莊晴姐姐……」她說，沒有再來看我。她雙眉低垂，腳尖在地上的瓷磚上不安地搓動。

我無法迴避這個問題了，「陳圓，我和她是很好的朋友。我們男人除了自己的老婆之外，有的人還在外面有自己的紅顏知己，你明白嗎？」

「哦。」她說，抬起頭來看了我一眼。

「陳圓，對不起，我們沒有想到你今天會這麼早回來。」我說，同時向她道歉，「我回去了。對了，我和莊晴的事情希望你保密。還有，你放心，她會很好的照顧你的，像我關心你一樣地關心你的。」

「嗯。」她再次低眉。

「我走了。」我說，發現電梯再次來到了這個樓層，然後飛也似地跑了進去，如同逃跑一般。

回到家裏後我依然心神不定。

家裏依然被一股濃濃的中藥味彌漫著。現在我已經基本上習慣了這種味道了。

「你回來了？太好了，快去洗澡，我們今天繼續努力。」趙夢蕾看著我笑。我心裏不禁一緊：今天自己遇到了那樣的事情，不知道還行不行？

趙夢蕾興致盎然，洗漱完畢後就鑽到了被窩裏去了。我在客廳看電視。這其實是一種內心在逃避的做法，雖然明明知道毫無作用，但是卻在心裏幻想著能夠逃避今天與趙夢蕾的「努力」。

「馮笑，別看電視了，快來啊。據說現在看電視的都是老頭老太婆，你怎麼也開始喜歡起那東西來了？快，快把電視關了，我都已經準備好了。」她已經在臥室裏面叫我了。

我苦笑著，磨蹭著去關掉電視，然後才去到洗漱間。在洗漱間裏我也磨蹭了很久。慢慢地洗臉，慢慢地漱口、刮鬍子，今天這一切我做得比平常都細緻。洗澡的時候也是慢騰騰的，似乎要把自己身上每一個毛孔裏的污穢都清洗出來一樣。

但，總有做完的時候。我披著浴巾去到了臥室，然後開始換上睡衣。

「還穿什麼睡衣啊？你不嫌麻煩？反正要脫的。」她在床上對著我笑。

「這頓飯吃了還得吃下一頓呢，難道就不洗碗？」我說，「兩個人的激情也是一樣，樂趣與浪漫盡在脫衣服的過程中。夢蕾，你很無趣啊，怎麼把這件事情看成簡單的交配了？上帝為什麼偉大你知道嗎？那就是他在造物的時候就賦予了我們動物一種特別的東西，讓我們在歡悅中不知不覺完成了繁衍後代的工作。所以，雖然最終目的是為了繁衍後代，但是放在第一位的卻是讓我們感到歡悅。我們人類就更不一樣了，因為我們有情感，所以我們更需要其中的樂趣與浪漫……」

我喋喋不休，就是不願意馬上上床。

「今天你怎麼啦？怎麼出現了這麼多的感歎？」她笑著問我道，「即使要浪漫什麼的，你也得先上床來啊？我們隔著空氣怎麼『努力』？」

我也覺得自己今天做得有些反常了，隨即去到了床上，揭開被子。她隨即過來擁抱著我，嘴唇在我耳邊低聲地道：「現在我們就開始浪漫嗎？」

我急忙地閉眼，讓自己的腦海裏出現莊晴的模樣。但是，好像沒有用處。她已經開始親吻我，我不得不去撫摸她的後背。

我不住地想著莊晴，想著自己曾經和她在一起時候的一切，但是，我發現依然沒有什麼作用。

趙夢蕾的手已摸索到了我的胯間，我腦海裏猛然想起今天莊晴對我那個地方的吸吮，還有……陳圓那張驚恐的臉。我身體裏的激情「騰」地一下就被點燃了……

「啊！你反應好快！」趙夢蕾在表揚我。

第二天上班後，莊晴告訴了我一個消息，「陳圓說要從我那裏搬出去住。」

我頓時默然。我當然知道她為什麼會產生那樣的想法：她是覺得因為她的存在影響了我與莊晴的私人空間。

「你問了嗎？她昨天晚上為什麼回來那麼早？」我問莊晴。

「我問了。她說另外那個琴手辭職了，胡經理準備招聘另外一個人，昨天就臨時讓那個人在那裏彈琴聽聽效果，所以她就提前下班了。」她回答我說。

我點了點頭，然後朝胡雪靜住的病房走去。

「這件事情我知道，不過你放心，不會影響到小陳的。馮醫生，說實話，我還想找一個具有小陳那樣水準的琴手呢，但是太難了。」她對我說。我來問她的目的是擔心陳圓的工作受到影響，現在看來確實是我多慮了。

「胡經理，你們那裏可以給她安排一個住處嗎？」我隨即問道。

她怔了一下後回答道：「可能比較困難。我們是五星級酒店，酒樓裏的廚師還有服務員的住宿都安排在酒店外邊的集體宿舍裏。那些集體宿舍的條件很差的，十幾個人一個房間，都是上下鋪的通鋪。我覺得陳圓去住那裏不合適。她以前不是有地方住嗎？怎麼了？」

「沒事。」我笑了笑。

「我今天可以出院了吧？」她問我道。

「可以，你傷口癒合得不錯，體內的感染也完全消除了。今天還要輸最後一次液，今天下午或者明天出院都行。」我說。

「好，我今天下午就出院吧。呵呵！馮醫生，在你們醫院住著真不舒服。」她笑道。

「是啊，哪裏都不如自己的家裏好。」我朝她點頭著說，把「家裏」兩個字說得很重。

她看了我一眼，低聲地對我說道：「謝謝你馮醫生。我已經原諒他了。」

我即刻替她高興了起來，「太好了。」

「我出院後過幾天請你吃飯吧。不，就今天晚上怎麼樣？」她說。

我想了想後說道：「行，不過你那位得參加才行。」

「好吧，就這麼定了。馮醫生，你真是一個好人，你不但治好了我的病，而且還拯救了我的家庭。我們都得好好感謝你呢。」她眼神裏面的感激之情自然地流露了出來。

當天晚上我們就在胡經理的那家酒店吃飯。我去到那裏的時候，發現陳圓正在彈琴，她看見了我，眼神裏頓時出現了一種慌亂。我隨即也聽到了她的琴聲裏出現了雜亂的聲音。「陳圓，我等你下班後和你好好談談。」我對她說。

「不。今天小陳和我們一起吃飯。一會兒我讓那個新來的琴手替她上今天的班。」這時候胡經理出現了，她笑著對我說道。

陳圓的琴聲再次變得舒緩了起來。

我們四個人坐在一起。斯為民今天的穿著很隨便，頭髮也不再像上次我們見面時候的那樣精緻。我覺得他現在的樣子看上去更舒服一些。

「靜，你和小陳說說話。今天我要和馮醫生好好喝幾杯。」斯為民一坐下就這樣說道。

「酒還是少喝點的好。」我說，隨即忽然想起了一件事情來，「斯先生，上次我忘記問你了，你是做什麼工作的啊？」

「我以前在一家國營企業上班，後來辭職下海了。現在自己開了一家公司。」他回答。

「哦，原來是斯老闆啊。」我笑著說，「我最佩服的就是你們這種做生意的人了。一個人能夠通過自己的能力賺到很多的錢，這是我最佩服的事情。我是當醫生的，只知道憑技術吃飯，所以就對你們賺錢的本事更加欽佩了。因為我不懂做生意，所以總覺得你們很神秘。」

「我還覺得你們當醫生的很神秘呢。」他笑道，「不過我倒是覺得你們當醫生的與我們做生意的是一樣的。」

我頓時愕然，「這兩者怎麼會一樣？」

他朝我笑了笑後說道：「你們醫生通過病人的症狀對他們的病情作出診斷，然後考慮使用什麼樣的藥物。你們在使用藥物的過程中會考慮到療效，還要考慮你們自己的經濟效益。其實我們也一樣。首先我們得從大量的資訊中去分析什麼樣的專案可以賺到錢，這個過程就如同你們對病情的診斷一樣。然後我們就開始考慮作出專案的計畫了，這就像你們制定治療方案的過程一樣。再接下來就是專案的具體操作了，這一步等同於你們的治療過程。所以我們也得考慮成本和利潤的問題。事情其實很簡單，我記得以前聽一位醫生講過一句話，他告訴我說當醫生最關鍵的同時也是最難的就是診斷病情了。是不是這樣啊馮醫生？」

我點頭，「確實是這樣。因為診斷清楚了病情後才可能進行有針對性的、有效的治療。沒有正確的診斷，一切治療的手段都無從談起。」

他輕輕地一拍桌子，笑道：「對呀！這就如同我們選擇專案的過程一樣，只有從大量的資訊中去分析確定專案的可行性之後才可以進行下一步的操作一樣。馮醫生，你說我們做生意的和你們當醫生的是不是一樣？」

我也大笑。頓時覺得自己與他的距離被拉近了許多。我覺得他與宋梅又不大相同，至少他更讓人容易接受一些。

我和斯為民說話的過程中，胡雪靜與陳圓都在聽著，現在，她們頓時都笑了起來。不過，我看出來了，胡雪靜很隨意，而陳圓卻顯得有些拘束，她很少來看我。

其實我也覺得很彆扭，因為昨天晚上的事情。

整個晚餐的氣氛都是其樂融融的，我與斯為民相談甚歡。胡雪靜與陳圓成為了我們倆最忠實的聽眾。

晚餐要結束的時候，胡雪靜忽然對我說道：「馮醫生，今天你給我說的事情，我想了一下。在這家酒店裏，我有一個單獨的房間……。」

她的話還沒說完，就被我打斷了，「胡經理，這件事我們以後再說，好嗎？」

陳圓詫異地看著我們。我暗暗地舒了一口氣：幸好她沒有聽明白胡雪靜話中的意思。現在，我已經改變了主意，因為我仔細想過，對現在的陳圓來講，沒有什麼地方比莊晴那裏更好。

吃完飯後，斯為民說開車送我，但是被我拒絕了，「我想和小陳說點事。」

第六章

兩性不成文定律

男人與女人之間有著不成文的定律：
只要有了肌膚之親後，兩個人就會變得隨意起來。
以前我與莊晴是那樣，現在陳圓在我面前也開始像這樣了。
她看見我的時候不再羞澀，
她在我面前已經隨意得與莊晴沒有了區別。

就在城市夜晚的大街上，我與陳圓緩緩朝著莊晴所住地方的方向走著。雖然莊晴那裏距離這裏還很遠，但是我覺得這樣走著和她談事情最好。

城市的夜晚美不勝收，也沒有白天那麼喧囂，好心情、好環境才是最合適的談話氛圍。

我朝前慢慢地走，陳圓就在我的身旁。「陳圓，我聽莊晴說你想搬出去住？」我開始問她道。

「我不想影響你們。」她說，隨即又道：「馮大哥，我覺得自己在那裏成了一個多餘的人。」

「你怎麼會是多餘的人呢？」我急忙地道，「我不是跟你講過嗎？莊晴她會好好照顧你的。她比你稍微大一點，而且還是護士，她很懂得照顧人的。」

「馮大哥，我還可以挽你的手嗎？」這時候，我聽到她在問我道，她的聲音有些小，悠悠地傳送到了我的耳朵裏。

我心裏頓時溫暖了起來，柔聲地對她道：「你是我妹妹，當然可以了。」

她的手挽住了我的胳膊，她的身體緊緊靠在了我身體的一側，她在低聲地問我道：「我們不能是朋友嗎？像你和莊晴姐那樣。」

我大吃一驚，「不，我們不能！」

「為什麼不能？」她猛然地放開了我的胳膊，跑到我面前大聲地問我道：「馮大哥，你是不是嫌棄我被別人那樣欺負過？是不是？」

我頓時慌亂起來，「陳圓，不，不是那樣的。你聽我說。」

「我不聽！」她今天晚上特別激動，「我知道你肯定是嫌棄我。但是馮大哥，你知道嗎？我現在每天晚上都做夢，都夢見和你一起在那片花海裏歡笑。馮大哥，你不但讓我從昏迷中清醒了過來，而且還讓我接受了現實。但是你卻在內心嫌棄我。我知道，你對我好完全是出於對我的可憐。你說是不是這樣？可是，我不需要別人的可憐，我需要你對我真正的關心，像大哥哥對妹妹那樣真正的感情。我對你就是那樣。」

「我對你就是像親哥哥對待妹妹那樣的啊？陳圓，我怎麼可能是因為可憐你才對你好呢？是，最開始是那樣的，因為我是你的醫生，當我清楚了你所遭受的那些痛苦之後，首先在心裏產生的就是對你的憐惜。但是後來不一樣了啊，因為我發現自己聽懂了你的琴聲，所以我才發現你是那麼的純潔，才頓時讓我對你有了一種小妹妹般的親近感覺。真的是這樣。」我急忙真誠地對她道。

「真的是這樣嗎？」她怔住了，一會兒後才低聲地問我道。

我點頭，「真的。當然是真的。所以，你完全可以把莊晴當成是你的嫂子，你完全可以信賴她。就像你信賴我一樣地信賴她。陳圓，你還小，有些事情可能你不大瞭解和理解。但是有一點我必須告訴你，我與莊晴是有感情的，是真的感情。」

她默默地不再說話。「我們搭車吧，我送你回去。就住在那裏，好嗎？」

「我自己搭車回去。馮大哥，你也回家吧。」她抬起頭來看了我一眼後說道，隨即快速地朝前方跑了。我本來想叫住她，但是最終卻沒有叫出聲來。

遠遠地看著她招手叫了一輛計程車後上車，心裏這才放心了下來。拿出電話給莊晴撥打，「你在什麼地方？」

「我在看電視。對了，今天陳圓上班呢，你是不是想過來？」她笑著問我道。

我苦笑，「今後我們還是少在你那地方做那件事情的好。昨天晚上的事情直到現在我都還驚魂未定呢。今天陳圓和我一起吃的晚飯，她剛剛上了計程車回去了。你和她好好談談，讓她不要搬出你那地方，好嗎？」

「你和她談過了？情況怎麼樣？」她問。

「有點效果，但是她好像還有顧慮。這樣吧，你繼續和她談談。」我說。

「馮笑，最簡單的辦法就是讓我和她一起和你好。我保證替你做好她的工作。怎麼樣？」電話的那頭她在笑。

「你把我當成什麼人了啊？你知道的，我當初那樣照顧陳圓可沒有歹心的。聽你這樣說，好像把我當成流氓一樣了。」我哭笑不得。

「嘻嘻！我知道了。原來你還是很喜歡她的是不是？只不過是擔心被別人說你當初心懷不軌罷了，是不是這樣？」她笑著問我道。

「不是！」我猛然地大聲地道。

「幹嘛這麼大聲和我說話？哈哈！我知道了，我說到你心裏去了是不是？」她依然在大笑。

「莊晴，別開這樣的玩笑好不好？我真的沒有那樣的想法。」我說，語氣接近於哀求。

「好啦，和你開玩笑的。你放心吧，她回來後我和她好好聊聊。」她嬉笑著掛斷了電話。

我搖頭苦笑，覺得莊晴似乎又變回到了她以前的那種刁鑽古怪。

我不知道莊晴究竟是怎麼和陳圓談的，反正她最終答應留下來繼續住在那裏了。我心裏很高興。過程無所謂，結果才是最重要的，所以我也就沒有具體地去問莊晴。

幾天後宋梅卻來找到了我。他還是約我去了醫院對面的那間茶樓。

一見面他就問我道：「馮大哥，你是怎麼認識斯為民的？」

我有些驚訝，「怎麼？你也認識他？」

他搖頭，「我不認識他。不過，我的專案有麻煩了。」

我似乎明白了，「難道他也想做那個專案？」

他點頭。

我彷彿什麼都明白了，但是仔細一想，卻發現自己的腦子裏面一片模糊。

從宋梅那裏我得知，原來在前不久斯為民也介入了那個專案。他找的不是常育，而是省民政廳的廳長朱迅。

「常姐只是副廳長，這件事情可就麻煩了。」我聽了他說的情況後擔憂地道，「宋梅，你那張卡我還沒有動。我現在就還給你。」

他卻在搖頭，「不，這件事情我們還有機會。」

我不解地看著他，「為什麼？人家找的是正廳長呢。我可不想為難常姐。」

「現在的情況是，朱廳長並沒有完全同意把這個專案拿給斯為民做。我認真地分析了裏面的情況，覺得只有一種可能，那就是朱廳長並不想得罪你的常姐。」他說道，「我對這件事情作過一些調查，我發現斯為民與朱廳長可不是一般的關係。

在這樣的情況下，作為單位的第一把手應該很快做出決定，但是朱廳長沒有那樣去做。這說明了什麼？」

我聽得雲裏霧裏的，於是也問道：「說明了什麼？」

「唯一的解釋就是：朱廳長很顧忌你的常姐。我還瞭解到，常廳長的背景很深。正因為如此，所以朱廳長才如此地顧忌她。」他回答說。

「哦？你瞭解到常姐有什麼樣的背景？」我很詫異，同時也很好奇。

「我聽說她與我們省裏的一位副書記不是一般的關係。」他說，「當然，我只是聽說。」

「既然是這樣，現在你和斯為民僵持著也不是辦法啊？」我問道。

「馮大哥，你想過沒有？斯為民和你認識這件事情，你難道不覺得蹊蹺嗎？」他反過來問我道。

「這有什麼蹊蹺的？他老婆是我的病人，順便就認識了。而且斯為民從來沒有在我面前提及過這個專案的事情。」我說，覺得他太敏感了，敏感得有些草木皆兵。

他卻在搖頭，「這正是他高明的地方。我最近去問過莊晴關於你與那位胡經理認識的過程，由此我對斯為民的整個打算作了一個推斷。」

我搖頭，「這件事情你就不要推斷了。很自然的一件事情，我不覺得裏面有什麼不對勁的地方。」

他頓時笑了起來，「馮大哥，你聽我說完好不好？」

我看著他淡淡地笑，「宋梅，我倒是很想聽聽你是怎麼把一件很正常的事情推理成一場陰謀的。」

他看著我，嚴肅地道：「這確實是一場陰謀。馮大哥，你聽我講完了後就知道了。」

我對他嗤之以鼻，「宋梅，我發現在你眼裏已經沒有什麼事情是自然和理所當然的了。在你的眼裏好像一切都是別人的陰謀一樣。你想過沒有？假如我把你的一切言行都當成是你的陰謀的話，你會怎麼想？」

「我怎麼會呢？馮大哥，你必須相信我。我這個人有一點和其他的人不一樣，那就是很講誠信。」他說。看上去很著急的樣子。

我頓時笑了起來，「宋梅，你對我並不瞭解。其實我這個人呢，並不那麼喜歡金錢。剛才我已經對你講過了，你給我的那張卡我沒有動過，現在我就可以把它還給你。」

「這我完全相信。因為你的生活比較簡單。不過，也許今後你就知道金錢的重要性了。馮大哥，你想過沒有，假如這次我不同意把房子給莊晴的話，你如何去安排好陳圓？又如何去安排莊晴？這些都是需要花錢的。呵呵！我們不說這個了，我今天來找你呢只有一個目的，那就是我們如何一起去面對現在的這個難題。你說是嗎，馮大哥？」他笑著對我說道。

「我們別扯得太遠了，你還是先說說斯為民所謂的陰謀吧。」我笑了笑後說道。我承認，他已經激發起了我對這件事情的好奇。

「我聽莊晴說過，你是為了帶陳圓去到一個有鋼琴彈奏的地方吃飯才與胡雪靜認識的。這件事情莊晴當時還問過我，是我告訴了她那地方有鋼琴彈奏的。這件事情你還記得嗎？」宋梅首先問我道。

我點頭，「是啊，是你介紹的地方，幹嘛卻說是別人的陰謀？」

「那只是一個偶然。」他說，「然後你們去到了那裏。因為你忽然發現陳圓有了彈奏鋼琴的想法，所以你就去找到了那位胡經理。馮大哥，你先別忙說，你聽我講……嗯，應該是這樣，你去找到了那位胡經理，結果被她拒絕了。因為五星級酒店那樣的地方可不是隨便一個人就可以去彈琴的，那地方一天的營業額很驚人，沒有人願意把這樣的事情拿來開玩笑。馮大哥，我很瞭解你，在這樣的情況下，你肯定會爭取，你這人比較單純，你為了讓對方能夠相信你，所以就亮出了你的身分，你會告訴對方說，你是某某醫院的醫生，因為你覺得對方應該相信你這樣一位醫生不會去和她開那樣的玩笑。是不是這樣？」

我點頭，「是這樣。不過這又能說明什麼呢？」我暗暗心驚：想不到他分析得如此準確，看來這個人對我還真的是很瞭解。

「馮大哥，你想過沒有，如果僅憑你口頭上說出你的身分，別人如何會相信？但奇怪的是，她答應了。難道你不覺得這裏面有什麼問題嗎？」他隨即問我道。

我頓時笑了起來，「這很簡單，她隨後問了我是哪個科室的醫生，我就告訴了她，而她正好想找我看病，事情就是這麼簡單。」

他搖頭，「不對，我覺得不應該這麼簡單。」

「你總是把簡單的問題複雜化，所以你才不相信一切。」我對他嗤之以鼻。

他淡淡地笑，「就算這件事情是我多疑才這樣認為的吧。馮大哥，你別著急，你聽我慢慢往下說。也許她確實是因為你是婦產科醫生才答應了讓陳圓彈琴的事情，但是你想過沒有？為什麼恰恰斯為民就成了我這個專案的競爭者呢？這難道也是偶然嗎？」

「你說吧，把你的分析全部說出來。」我說，依然覺得這件事情有些偶然，只不過……好像也確實偶然得太奇怪了些。

「我們可以這樣設想。」他開始分析，「那位胡經理開始沒有同意陳圓彈琴的事情，這很正常。但是接下來她卻莫名其妙地同意了，雖然她給了你一個合理的理由，就是所謂的她要請你看病。對，她可能確實是要請你幫這個忙，但是我覺得這裏面依然有問題，醫院裏面那麼多的專家教授，她完全沒有必要為了這麼點事情就拿酒店裏面原則性的事情開玩笑。

「也許事情的真相是這樣：她聽斯為民講過我的事情是你在幫忙，但是卻完全沒有想到會那麼巧在她所在的酒樓裏面碰上你。所以她一定在最開始的時候拒絕了你，然後忽然想起了這件事情來後，才臨時改變了想法同意了你的請求。我覺得這樣解釋才合理。對了，她當時並沒有對你講是她自己要看病是不是？」

我點頭，「這不奇怪。因為我畢竟是男醫生，她有顧忌。」

「這也算是一種解釋。那麼她是在什麼時候講要請你給她看病的？」他問道。

「我第二次去那裏的時候，那時陳圓已經被她錄用了。那次是常姐請我……」

我說到這裏，忽然張大著嘴巴吃驚地去看著他。

他頓時笑了起來，「這就對了嘛。」

我搖頭，「胡雪靜不一定認識常姐的。」

「萬一認識呢？」他說，「你想，像常廳長那樣的人物，肯定經常光顧她的酒樓。她很可能認識她。如果真的是這樣的話，那麼一切都好解釋了。也許胡經理最開始並沒有想到自己的病情那麼嚴重。對，應該是這樣，她本來只是想做一次常規的婦科檢查。後來檢查出她是慢性淋病是吧？慢性淋病是不是沒有什麼臨床症狀？或者只是像婦科常見感染那樣的情況？」

我點頭。

「所以，她請你替她檢查只是一個藉口。但是萬萬沒有想到的是，她竟然真的有問題，而且還是那樣的問題。正是這種偶然造成了後來的一切。也許她在得知自己患上的竟然是那樣的疾病之後確實惱怒了，對她的丈夫惱怒了。但是斯為民卻正好利用了這件事情來拉近了與你的關係。

「我相信，如果那位胡經理沒有被檢查出有什麼大的問題的話她也會借此機會讓她的丈夫與你聯繫的。她的目的很簡單，那就是希望在與你認識的過程中顯得很自然。而且能夠一步步將關係建立得緊密起來。

「你說他們請你吃飯的時候並沒有和你談專案的事情，我倒是覺得這才正常。因為他們知道我是通過你介紹給常廳長的，他們如果要作你的工作的話，必須要超越你和我目前的這種關係，當前他們最好辦法有兩種，一是用錢買通你，二是替你處理好陳圓的事情。用錢買通你的辦法他們沒有採用，這裏面我分析有幾種原因：第一，斯為民肯定對你做過調查和瞭解，知道你這個人的性格。第二，他應該想到我和你之間的利益關係。第三，這才是最關鍵的，他無法知曉常廳長的態度。

「馮大哥，你知道送給別人錢最害怕的是什麼嗎？就是被別人舉報。斯為民肯定會想：假如他送錢給你的話，萬一你借此機會舉報了他，那就會直接殃及到他的後台朱廳長，所以他不敢走這步險棋。但是，如果他們在陳圓身上做文章的話，效果就不一樣了。」

我即刻地打斷了他，「你錯了，他們並沒有在陳圓身上做什麼文章。」

他淡淡地笑，「可能還沒有來得及。這也正是我今天和你談這件事的原因。」

我依然搖頭，「不對，我覺得你的分析是錯誤。」

「為什麼？」他詫異地問我道。

「按照你的說法，胡雪靜接近我的目的是為了讓斯為民與我建立起一種特別的關係。但是，既然他找的是朱廳長，那他為何不直接與你談判，他找我幹什麼？他完全可以和你合作開發這個專案的啊？而且，一件非常簡單的事情，他為什麼要把它搞得那麼複雜？他直接到醫院來找我不就行了？且不說其他的，就是胡經理安排了陳圓的事情，我也會答應和他喝茶的。還有就是，我並沒有他想像的那種能力，我根本就無法控制這個專案的歸屬。這毫無道理嘛。」我說。

「這是一個大專案。任何人都不會輕易放棄獨立操作的機會。因為這涉及到裏面巨額的利潤。此外，這件事裏還很可能涉及到非常敏感的政治問題。很明顯，現在朱廳長已經感受到了來自常廳長那裏的威脅。正因為如此，他才不敢輕易地否決我們以前已經簽訂的那個協定。不過朱廳長畢竟是第一把手，現在他抬出斯為民來的目的只有一個，那就是希望常廳長明白他的權力。

「此外，我覺得這裏面的問題還遠遠不止這樣複雜。我不是官場中人，我也不是很明白其中的關鍵。不過我希望馮大哥你最近最好去找一下常廳長，看看她對這個問題有什麼新的指示。

「馮大哥，我今天來找你的目的其實更多的是想提醒你一下，想提醒你在與斯為民的接觸中一定要小心和注意，千萬不要把常廳長與我們之間的事情在無意中洩露出去。這一點與他不敢用金錢來收買你一樣，搞不好就會成為對方的證據。」他接下來說道。

我頓時感覺自己的頭都大了。本來很簡單的事情，怎麼會如此複雜呢？說實話，我還是不相信他講的這一切。

「宋梅，既然如此，那這個專案不就會這樣擱置下去了嗎？」我問道。

他點頭，「是，但最後總會有結果的。現在只是出於一種力量的均衡狀態。幸好我們占了先機，幸好常廳長的背景比朱廳長硬，所以我們還有很大的機會。」

「你不考慮與斯為民合作的可能？」我又問道。

「不到萬不得已我是不會考慮的。不是為了我自己，而是為了常廳長。」他回答說。

我不明白他話中的意思。

「你去問了常廳長就知道了。」他說。

我點頭……不對！我猛然地想道，「宋梅，既然如此，你為什麼不直接去找常廳長呢？」

他苦笑著搖頭，「要是她願意見我就好了。實話對你講吧，我也是幾次去找她，但是她卻不願意見我，才讓我警惕專案可能出現了問題的，我也是在這種情況下才瞭解到了斯為民介入的事。

「馮大哥，也許你不相信我前面的那些分析和推理，但是有一點你一定要注意到，那就是：斯為民成為了我們的競爭對手，在這樣的情況下他和你認識了，你覺得僅僅是偶然嗎？你只要好好想想這件事情就行了。」

我歎息，「宋梅，我就是當醫生的料，對於你們商場上的這些事情我感到非常頭疼。算了，我還是不要去想的好。這樣吧，我抽時間去問問常姐。」

他點頭，「對，這才是最重要的。馮大哥，不過有一點我還得提醒你一次，你在與斯為民接觸的時候一定要小心，千萬不要因為這件事情把常廳長給帶進去了。不管怎麼說，她現在畢竟是副職。」

「我儘量推掉斯為民的邀請吧，太麻煩了。」我說，不住搖頭。現在我的頭都已經大了。

「推掉倒不至於。」他說，「馮大哥，我倒是覺得你可以借此機會瞭解一下對方的真實想法，也可以趁機檢驗一下我的分析是不是正確的，更重要的是，你還可以從中瞭解到對方的一些意圖。要知道，對方的意圖很可能對常廳長有用處啊。馮大哥，現在你有一種優勢，那就是斯為民還不知道你已經對他的意圖有所察覺，所以你完全可以裝作什麼都不知道的樣子去和他接觸。」

我苦笑，「我可不願意當間諜。算了，我懶得去管你們的事情。宋梅，我還是那句話，你的那張卡我一直沒動，你可以隨時拿回去。現在也行。」

「馮大哥，你說這話可就見外了啊。現在我們一定要共同努力，爭取把這個專案拿下來。馮大哥，如果我們真的把這個專案拿下來了的話，你今後的資產可就遠遠不止那張卡上的那個數字了。馮大哥，我知道你沒有把錢看得很重，但錢總是越多越好的啊。你有了錢後可以去做自己想做的一切事情，還可以用你的錢去幫助別人。你說是不是這樣？」他朝我擺手道。

我覺得他的這句話倒是很有道理，於是微微地點頭。我已經決定了，儘快與常育聯繫一次。

可是，當我第二天給常育打電話的時候，她卻告訴我說她目前正在國外。「我回來後聯繫你。」她對我說了一句後，就壓斷了電話。

我聽她的語氣似乎很平靜，根本就感覺不到宋梅所說的專案出現問題的情況。

不過就在當天的下午，我卻真的接到了斯為民的電話，「晚上我請你喝酒，有空嗎？」

本來我想要拒絕的，但是我的好奇心讓我答應了他。

「什麼地方？」我問道。

「我們今天不去酒樓了，所有的酒樓都是一種味道。我們去江邊的船上吃魚。對了，如果你想帶上小陳的話也行，我跟胡雪靜說一聲就是。」他在電話裏面笑著對我說。

「不需要，我只是把她當成了自己的小妹妹一樣。」我說道。心裏暗自在想：

難道宋梅的分析是對的？

「那我給你安排一位美女怎麼樣？」他在電話裏笑著問我。

「不需要吧？我是婦產科醫生，我見過的美女難道還少了？」我笑著說。

他大笑，「那倒是，不過吃飯的時候沒有美女可不好玩。」

我心裏更加懷疑了，「斯總，難道你不怕你老婆吃醋嗎？」

他卻依然大笑，「請你吃飯，她會完全相信我的。哈！說到底是相信你啊。」

我心裏一動，「這樣吧，我帶上我一位朋友。」

「太好了，不過我還是要帶幾位美女來的。」他大笑著說，「下班的時候，我把車開到你們醫院大門處來等你。」

我倒是要看看你究竟想搞出什麼名堂來。我在心裏想道。

整個下午我都在想一個問題：斯為民真的是宋梅所分析的那樣一個人嗎？

說實話，我的內心不喜歡宋梅這個人，非常的不喜歡。但是我已經與他結成了一種利益關係，這讓我不得不去幫助他。

我指的利益關係並不僅僅是金錢的關係，我覺得更多的是莊晴。現在，莊晴住進了宋梅的那套房子裏，這就讓我更加不能拒絕宋梅的請求了。

我發現自己很無奈，這是一種讓人痛苦的無奈。

下午上班的時候，我悄悄地問了一下莊晴：「晚上有空嗎？我們一起去吃飯。是胡經理的老公請客。」

「你怎麼和他混得這麼熟了？」她詫異地問我道。

「陳圓不是在胡經理那裏上班嗎？我不好拒絕人家。」我說。

「你對陳圓真好。」她怪怪地看著我說道。

「我對你更好。」我低聲地對她說。她癟嘴道：「我不覺得。」

「今天我不是只叫了你嗎？」我說，「陳圓那麼可憐，你就別吃她的醋了。我對她真的沒有其他想法的。」

她依然看著我怪怪的笑，「馮笑，我還不知道你嗎？你其實很喜歡她的，只不過你很節制自己，擔心自己女人太多了罷了。」

我心裏暗地驚訝，因為我發現她說到了自己內心最真實的想法了。不過我不會承認自己的這種想法，「別胡說啊，我只是把她當成自己的小妹妹看待的。」

她笑了笑準備離開，我急忙叫住了她，「你還沒回答我呢。」

她歪著頭看我，「我不是沒有拒絕嗎？」

我頓時笑了起來，「真是的，明白告訴我不行嗎？」

「人家是女孩子呢，得矜持一點，知道嗎？」她低聲地說了一句。

我一怔，差點笑出了聲來。

下班後我與莊晴去到了醫院的大門處，頓時看見斯為民在朝我招手。他今天開來的是一輛別克商務車。我直觀地感覺到斯為民的經濟實力比宋梅強得多。這一刻，我似乎明白了：宋梅頭天來找我的目的或許正是因為這樣。也許他說的情況是屬實的，也就是說斯為民確實是在與他競爭那個專案，於是他開始緊張了起來，因為他的經濟實力比斯為民差遠了。

想到這裏，我心裏不禁覺得宋梅很可笑：我馮笑是你想像的那種人嗎？難道你覺得我真的會見錢眼開？

不過，我還是很想瞭解斯為民究竟想幹什麼。現在，我的好奇心更強烈了。

上車後才發現裏面坐著兩位漂亮的女人。其中一個我覺得還有些熟悉，但是卻一時間記不起來在什麼地方見過她。

「馮醫生。」她卻在主動與我打招呼。

我朝她笑了笑。僅此而已。

「馮醫生，她說她認識你呢。」斯為民在旁邊說了一句，隨即吩咐司機開車。

我這才說道：「是嗎？我也覺得她很面熟。」

「你給我看過病。」她說，「我叫沈丹梅。馮醫生，你還記得嗎？」

沈丹梅？我好像有點印象……猛然地，我想起來了。

她確實是我的病人。那次我上門診，她是其中要求做刮宮手術的一個病人。不過她的陰部感染了尖銳濕疣，所以我沒有同意對她進行手術。想到這裏，我腦海裏頓時浮現起她那個漂亮的部位來。同時在心裏暗暗地想道：不知道她的病好徹底了沒有？

我是婦產科醫生，不可能暴露她的隱私，所以我只是朝她淡淡地笑了笑，「你好。」

「真的認識啊？太好了。馮醫生，我給你介紹一下，沈小姐是我們公司公關部部長。怎麼樣？漂亮吧？」斯為民笑著問我道。

我彷彿明白了她為什麼會患上那種疾病了——她是公關部部長，說到底就是陪客人吃飯的漂亮女人，從某種角度上講，她與那些小姐沒有什麼區別，只不過高級一些罷了。

於是我從心底裏對她有了一種反感。不過我依然地笑了笑，完全是出於禮節。

斯為民卻並不知道我內心的想法，他繼續介紹另外那個漂亮女人，「這是我的助理小孫，孫露露小姐。」

「你好。」我還是那句話。我發現這位孫露露小姐看上去還比較清純。她有著烏黑柔順的長髮，白皙的面容顯得有些秀麗，鼻子直而小巧，嘴唇很薄。她在朝我微微地笑，頓時在兩側的嘴角處露出了很漂亮的小酒窩來。

「這是我們科室的護士莊晴。」隨即我把自己帶來的人介紹給了斯為民和兩位漂亮的女人。現在我已經有些後悔了，我忽然覺得今天讓莊晴來不大合適，因為這樣會讓斯為民懷疑我們之間的關係。

本來我最開始的想法是擔心斯為民對我發動美女攻勢。我很瞭解我自己：在酒後很可能把握不住自己。此外，我還想向他表明自己與陳圓並沒有他想像的那種關係。現在我才發現自己好像犯了與宋梅同樣的錯誤：把簡單的問題搞得複雜化了，結果卻成了現在這個樣子：畫蛇添足、此地無銀。

於是我決定儘量不要顯露出自己與莊晴的親密關係。

可是我沒有想到酒精會讓自己忘記警惕。在船上，當我們五個人喝下三瓶白酒後我就開始控制不住自己了，我的手不自禁地放到了莊晴的肩膀上面。

他們卻並沒有覺得奇怪的樣子，斯為民叫來了第四瓶白酒。

沈丹梅和孫露露勸酒很厲害，她們不住地在說著讓我和莊晴都覺得好聽的話，結果我和莊晴喝得最多。

幸好我還有一絲的清醒，當斯為民準備叫第五瓶酒的時候被我制止住了，「不行了，不能再喝了。」

「馮大哥，你還知道自己不能再喝了，這就說明你還沒有醉。」沈丹梅對我說。

我搖頭道：「我不一樣的。我是醫生，清楚自己的狀態。」

「好吧，我們就聽馮老弟的，我們不喝了。我看這樣，我們下一個節目去唱歌怎麼樣？」斯為民隨即說道。

我去看莊晴，她很興奮的樣子，「好啊，我喜歡。」

接下來我們一行人去到了一家歌城。斯為民要了一個大大的包房。讓我感到駭然的是，斯為民竟然又要了不少的啤酒。

看來今天不醉是不行的了。我心裏想道。不過我還是很想知道斯為民究竟想在我身上幹什麼，所以我決定繼續待在這裏和他們喝酒、唱歌。

我是第一次到這樣的地方來，我完全沒有想到自己在今天竟然有了兩個不錯的收穫：一是我唱歌的感覺還不錯，二是我發現自己在唱歌、喝啤酒之後前面的酒勁竟然消除了不少。也許是唱歌讓自己體內的酒精得到了揮發，而啤酒讓我血液裏面的酒精稀釋了的緣故。

可是，斯為民卻一直沒有向我提及關於那個專案的一絲一毫。雖然我心裏很疑惑，但隨後在沈丹梅與孫露露一杯杯的啤酒攻勢下，完全忘卻了內心的那份好奇。

啤酒喝得太多了，前面的清醒早已經沒有了，醉意卻變本加厲地朝我襲來。

「斯總，我真的不行了，不能再喝了。我明天還得上班呢，謝謝你啦。」我依然保持著最後的一絲清醒，大著舌頭對斯為民說道。

「好，我們閃。」他大笑。我聽得出來，他也醉得差不多了。

我沒有同意他送我的提議，因為莊晴對我說了一句：「你送我回去，我喝得太多了。」

酒後的我只是想到了必須由我自己送她回去，完全沒有去考慮其他的問題。因為我也喝醉了。

我們攙扶著上了計程車，到了社區後我發現自己更醉了，結果卻成了她在攙扶我的狀況。跌跌撞撞地和她一起上電梯、一起去到她住處的門前。「你幫我摸摸我的鑰匙。」我聽到她在對我說道。

「在，在哪裏？」我問。

「在，在我的褲兜裏。」她回答說。於是我將手伸進到了她的褲兜裏，裏面什麼也沒有，而且……我的手竟然穿過了她的褲兜，頓時感覺到她腿根處細膩的肌膚，還有她小小內褲的邊緣。心裏頓時一陣激動，手，即刻地從她內褲的邊緣處鑽了進去……裏面的一切頓時掌握在了自己的手裏：細細柔軟的毛髮，還有一片濕潤。我心跳如鼓，激情噴湧。

「啊……」她低呼了一聲，聲音蝕骨奪魄。

我更加難以自己，即刻地去到了她的唇上，我們的舌開始交纏在一起。猛然地，我彷彿聽到過道的那邊傳來了腳步聲，急忙將她輕輕推開，「你的褲兜漏了。鑰匙呢？」

她「吃吃」地笑，「在另外一邊，我自己摸。你好壞。」

我彷彿明白了，用唇去含住她一側的耳垂，同時在她耳畔輕聲地道：「你是不是故意把褲兜弄成了那樣的？」

她「嘻嘻」輕笑著，門，被她打開了。

裏面一片黑暗。我忽然想起了一件事情來，心裏頓時悸動了一下。本想馬上離去，但是卻發現莊晴的手已經從我褲腰的皮帶處插入到了我的胯間。再也難以自已，「別開燈。」我對她說。

她沒有說話，引領著我去到了她的房間。

沒有過程，我和她直接就去到了那張寬大的床上，雖然房間裏面一片黑暗，但是這並不影響我們脫衣的速度與過程。我和她都激情四射，我聽到耳邊是「呼呼」的聲音，那是我和她在將自己的衣服扔向房間每一個角落……。

激情地擁吻，我同時朝她進入，頓時被溫暖與激情擁抱，沒有嬉戲與浪漫的情懷，只有欲望的噴發。現在的我完全沒有了思想，只有獸性，身體隨著內心獸性的勃發不住地、有節奏地進行著機械式的運動。酒精讓我的情欲更加濃烈，而感覺卻趨於麻木，所以在許久之後依然沒有噴發的欲望。

我終於有了累的感覺，我身下的她也是，「馮笑，你今天怎麼這麼厲害啊？我都受不了了。你等等，我們換一種體位。你躺下，我到你上面來。」她在我身下由歡愉變成了痛苦的呻吟，最後終於忍不住地對我說道。

我也感覺到了，感覺到了她身體裏面的乾澀。我確實很累了，氣喘如牛，聽到她這麼說之後便頹然地偏倒在了她的身側。平躺、閉目。反正周圍一片黑暗，倒不如閉眼平躺好好享受。性愛的過程從醫學的角度上講不過是一次次的摩擦，其實每次受累的都是男人，女人總是處於愜意的享受狀態之中。現在好了，我也有機會享受這樣的待遇了。

她上來了，動作有些遲緩，而且我還感覺到她的身體在顫抖，我心裏暗自奇怪。但是無法看見眼前的具體情狀，而且我真的很累了。

她讓我進入了，但是卻沒有動彈，我有些難受，開始催促，「快啊，怎麼不動呢？你不是已經很濕潤了嗎？」

她卻依然沒動，我頓時急躁起來，雙手扶住她臀部的兩側開始向上衝撞……真好，這種感覺真好。

她開始歡快地呻吟，不過聲音很小。我更加急不可耐，驟然將她的身體翻轉，然後是暴風驟雨般地長時間的衝撞……「啊……」我終於感覺到自己身體裏的激情潮水般地湧出，頓時感到身體每一個細胞都在雀躍著釋放……真好……

我平躺在了她的身旁，緊緊去將她擁抱。我的手戀戀不捨地去到了她的胸前，緩緩地揉搓……不對！猛然地，我的手感覺到了異常，因為我感覺到自己手上的那團柔軟比我熟悉的好像要大許多。我的手即刻停住了，食指輕輕去觸及她的乳頭，剛剛一接觸便猛然地退縮了開來，「莊晴！」我驚恐地大叫了一聲。

我明顯地感覺到了自己旁邊的這個女人不是莊晴。現在我回想起來了，剛才，就在她從我身上讓我進入的那一刻開始，我就覺得了不對勁，隨後，當我的雙手去扶住她臀部的時候也感覺到了異常，因為我雙手所觸及之處一片冰涼。由於當時我的激情已經噴發，所以完全沒有去警覺那種異常。

但是現在，我的手明確而清楚地告訴了我：她不是莊晴。

我心裏頓時慌張害怕起來，因為我猛然地明白了她是誰了。我大叫了一聲：「莊晴！」

我的這聲大叫完全是心存僥倖，我內心希望自己身旁的她就是莊晴。

房間的燈驟然被打開了，刺目的光線讓我一時間睜不開眼來，但是我卻迫不及待地側頭去看。其實不需要側頭去看的，因為我依稀看見站在房間門口處的那個人就是莊晴，她身上已經穿上了睡裙，她在那裏看著我笑。

我還是側頭去看了，因為我心裏實在惶恐不安。

我看清楚了，果然是她，是陳圓。

「莊晴，你搞什麼?!」我氣急敗壞、欲哭無淚。這一刻，我的腦海裏一片空白。我不敢相信、也不能接受這個現實。剛才，我像野獸般地在她的身體上暴風驟雨般地衝撞，然後盡情地傾瀉，那個她竟然會是她，陳圓。

「馮笑，人家小陳妹妹喜歡你呢。」莊晴卻依然在那裏朝著我笑。

我去看了陳圓一眼，發現白皙如雪般的她正蜷縮著她的身體，她的臉上是血紅般的顏色。我的酒意早已經清醒，「為，為什麼不先告訴我？莊晴，你，你們為什麼要這樣？我們這樣像什麼樣子？」我發現自己惶恐得厲害，心裏五味雜陳，很不是滋味。

莊晴朝床邊走了過來，然後到了床上，緩緩地躺倒在了我的身旁，溫柔的小手開始來撫摸我的胸膛，「馮笑，對不起嘛。昨天晚上我就和小陳妹妹商量好了，她也願意和你這樣的。今天我們在外邊喝酒的時候，我悄悄給她打了電話，讓她在這裏等我們回來。馮笑，你這個人就是這樣，總是對女孩子不主動。呵呵！你還要怎的？難道我們小陳妹妹配不上你？你想想，她無依無靠的，還不是想讓你今後多關心她、保護她？我早就告訴你了，這地方是我們三個人的家，今後你就可以隨時到這裏來了。我們三個人就像這樣在一起多好啊，你說是不是？」

我頓時不語，只是感覺這一切像是在夢中一般。

「陳圓，別害羞了，快去洗澡，然後我們兩個人一起再和你馮大哥好好玩。」莊晴笑了笑，隨即去對我另一側的她說道。

陳圓這才緩緩地伸展了她美麗的軀體，猛然地快速下床，飛也似地跑了出去。

「莊晴，你這不是讓我難堪嗎？陳圓曾經受過那麼大的傷害，難道不擔心她會接受不了？」我開始去批評莊晴。

「剛才我是顧及她的臉面。馮笑，我實話告訴你吧，雖然這個主意是我出的，但是她並沒有反對啊。而且，她很樂意和你這樣呢。她親口告訴我說，她很喜歡你的。」她不以為意地道。

「你怎麼告訴她的？」我覺得莊晴已經不是可以用刁鑽古怪就可以形容了，她今天所做的這一切，簡直是匪夷所思。

她在笑，「我只是告訴她說，要得到你的心，就必須讓你先得到她的身體。」

我不禁歎息，「莊晴，你真的把我當成流氓了。」

陳圓來了，她的身上穿得整整齊齊的，害羞地站在臥室的門口處。

「你怎麼把衣服穿上啦？快來，我們兩姐妹好好折磨一下他。」莊晴笑著對她說道。

她依然站在那裏沒動。莊晴猛然從床上跳了下去，笑著去把她拽到了床上來。

我依然尷尬，身體僵硬在床上有些不知所措。

「馮笑，你主動去親她啊？」莊晴又拽住了我的手，然後把我的手拿去放在了陳圓的胸上。

我感覺到了，陳圓的身體猛然地向我的手上傳來了一陣顫動。

在經歷了短暫的尷尬之後，我們三個人再次進入了激情。一旦人的獸性戰勝了理智之後，就會變得恣意瘋狂起來。陳圓的美麗對我有著無比巨大的誘惑力，她讓我流連忘返、難以自己。她身體的每一寸肌膚雖然早就熟悉，但那是在以前的病房裏面，那時候的我對她幾乎沒有產生過一絲的漣漪。而現在，當我們突破了最後的那道防線之後，我開始懂得真正去欣賞她的美麗了。

酒後的第二次更加持久漫長，莊晴和陳圓都得到了極大的滿足。我也是一樣。當一切都寧靜下來之後，我們三個人籠罩在了一床寬大的被子裏面開始相擁而眠。一直到半夜我才想起自己應該回家。

男人與女人之間有著一種不成文的定律：只要有了肌膚之親後，兩個人就會變得隨意起來。以前我與莊晴是那樣，現在陳圓在我面前也開始像這樣了。她看見我的時候不再羞澀，她在我面前已經隨意得與莊晴沒有了區別。「馮大哥，晚上我下班後想吃烤鴨，你給我買一隻回來吧。」「馮大哥，今天晚上我們三個人一起去看電影好不好？」

不過，她對我很溫柔，她對我的那種柔情似水讓我真正地體會到了幸福的滋味。莊晴卻依然像原來那樣情感熾熱，每次我去到她們那裏的時候，都是她首先過來抱住我一陣猛親。陳圓總是在旁邊輕輕地笑。每次都是在我與莊晴親吻完了之後我才開始去擁抱住她溫存一番。

我對這個地方已經充滿了留戀，這種留戀的感覺甚至超過了我自己的那個家。但是我堅持了一點，那就是堅持讓自己每天都要回家，不管多晚都得回家。

最近，我發現趙夢蕾有些反常。她開始變得焦躁不安起來。

「怎麼啦？」有一天我終於忍不住地問她道。

「怎麼中藥也沒有效果呢？」她說。

我在心裏歎息，「夢蕾，你就聽我的吧。我們去做試管嬰兒。」

她用雪白的貝齒輕輕咬著她的下唇，她沒有說話。

現在，我十分的不能理解，「夢蕾，你為什麼不願意去作試管嬰兒啊？難道你不想要自己的孩子？這樣也行，我們去孤兒院抱一個孩子回家就是了。或者我們不要孩子也行的。我覺得沒什麼，只要我們兩個人好好過這一輩子就行。」

自從我與莊晴和陳圓有了那樣的關係之後，我對趙夢蕾更加的愧疚，所以我覺得只有盡力去滿足她需要的一切，才可以彌補自己對她的背叛。為了這種補償，我甚至不惜在她面前奴顏卑恭。

「馮笑，你告訴我，試管嬰兒會不會出現殘疾或者其他方面的缺陷？」她問我道。

「這可不敢保證。」我回答，「不過大多數的試管嬰兒都是很正常的。而且雙胞胎和多胞胎的機會還不少呢。」

「你讓我再想想。馮笑，給我點時間。好嗎？」她說。

我在心裏歎息，還是點了點頭。

第七章

專業的服務

我的手法當然很專業，所觸及到的全部是她最敏感的部位。
她的身體像蛇一般地在沙發上面扭曲，
嘴裏不斷地發出欣快的呻吟聲。
我在心裏歎息著，慢慢地加快著手上的速度，
終於，我的手上被她噴射出來的滑滑的液體沾滿了。
我停止了下來，她已經沉沉地睡去。

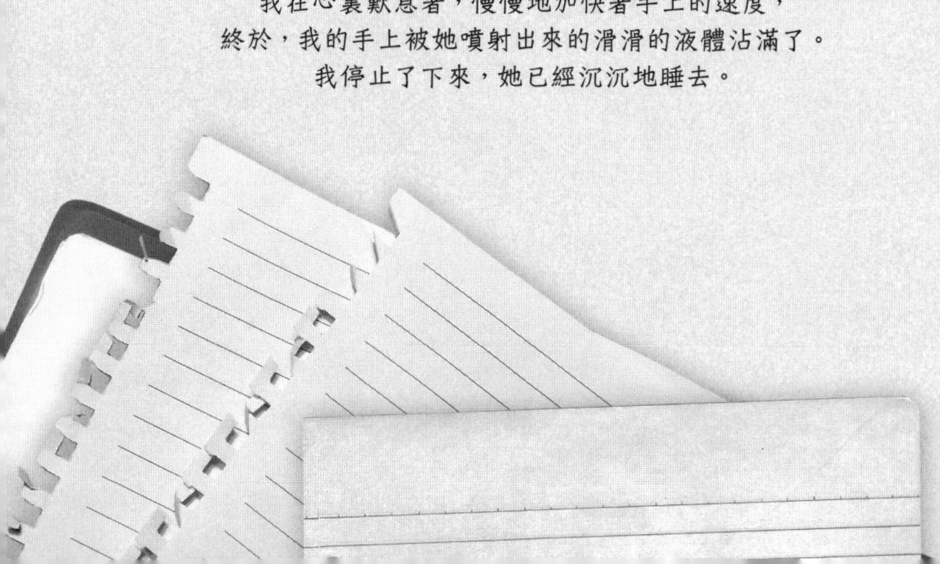

最近一段時間來，我一直在想一個問題：馮笑，你是不是變得和社會上那些登徒子一樣了？你已經結婚，已經有了自己的妻子，但是卻在外邊與另外兩個女人廝混。馮笑，你究竟是怎樣的一個人呢？

每當我和趙夢蕾在一起的時候，特別是當她睡著之後，我都會情不自禁地去想這個問題。她睡著之後，我時常去看著她那張熟睡的臉，她就那樣靜靜地睡著，呼吸均勻而平和，胸微微地起伏，我一瞬不轉眼地看著她，心裏頓時湧起一股柔情，隨後就是自責。

而每當我去面對莊晴與陳圓的時候，也同樣會內疚。

「我覺得我們不該繼續這樣下去了。」終於在一次歡愛之後，我對她們倆說。

「馮笑，你真是的，我不是早告訴你了嗎？我不需要你對我負什麼責任。你一個大男人整天婆婆媽媽的，煩不煩啊？」莊晴頓時不滿起來。

我對莊晴也有些不滿起來，因為她沒聽明白我指的其實是陳圓。

對於陳圓，我直到現在對她都還有一種極深的愧疚。她是那麼的單純和美麗，但是卻被我如此地玷污了。我發現她已經不再純潔，因為每次在床上的時候，她竟然比莊晴還瘋狂。

一朵絢麗的花被自己摧殘，這樣的事情才是最讓我感到內疚的。

「馮大哥，我喜歡你，這就夠了。你說是嗎？」這時候我聽到陳圓在說，聲音很小。陳圓與莊晴不大一樣，只要從床上下來後，她就會回復到那種清純的狀態，而且小鳥依人般地讓人憐愛。

我唯有在心裏歎息，因為我發現自己已經陷入到了這種內疚的惡性循環之中而難以自拔了。

「馮笑，你最近與宋梅有過聯繫沒有？」有一天我夜班，莊晴正好也值護士班，她來到了醫生值班室問我道。

「他找過我。」我回答，「專案遇到了點麻煩。」隨即我把那天宋梅告訴我的事情對她簡單地講了一遍。她默然，一會兒後對我說了一句：「馮笑，不管怎麼說我曾經還是喜歡過他，而且他最後還是聽從了你的話把房子轉到了我的名下。不然的話，哪來我們現在的這個家？所以，我非常希望你能夠幫幫他。好嗎？」

我點頭。對於她的請求，我還能說什麼呢？現在，她與陳圓，還有趙夢蕾一樣都是我生命中最重要的女人，所以我只能按照她的吩咐盡力地去幫助宋梅了。

自從上次給常育打電話距離現在已經半個月了，但是她卻一直沒有與我聯繫。現在莊晴與我說了這件事情之後，我決定明天主動再給常育打一個電話。

第二天交班後，我沒有即刻回家，而是首先打了那個電話。

「你真會選時間，我剛下飛機。」電話裏傳來了常育的笑聲。

「對不起，你這麼辛苦，不該打攪你的。」我向她道歉。

「沒事，我還正想給你打電話呢。現在你在病房嗎？」她問道。

「是啊。」我回答。

「我最近覺得不大舒服。你可以把檢查器具帶到我家裏來給我檢查一下嗎？」她問道，聲音變得小了許多。

我很為難。現在我倒不是擔心是否符合醫療規範的事了，「我只能帶窺陰器和手套什麼的，只能對你作最常規的檢查。所以我覺得你最好還是到醫院來的好。」

「我太累了，但是又很擔心自己的身體，所以只好麻煩你到我家裏來一趟了。可以嗎？先作常規檢查吧，然後根據情況再說。」她說。

我答應了。在目前的這種情況下，我只能答應。

「你看上去精神不錯啊？」到了她家後，我發現她氣色不錯，神采奕奕的。

「這次出國收獲不小，學到了很多東西。對了，我給你帶了一份禮物。」她笑著說，隨即拿出一個小盒子朝我遞了過來。

「什麼東西？」我問道，同時打開去看，發現是一塊手錶，「啊，勞力士，這錶很貴的，我可不敢接受這麼貴重的禮物。」

「反正是別人送給我的。男人的樣式，只好送給你了。別客氣啊，我們什麼關係啊？」她笑著說。

「謝謝了。」我不好再拒絕，不過心裏依然有些惶恐。我知道，這塊錶的價值應該是在十萬以上。

「最近我覺得不大舒服，白帶增多了不說，而且像膿一樣。下腹部和腰的下方還有墜痛的感覺，老是想小便，但是每次去廁所又解不出多少來。」她隨即把話題轉移到了她的病情上面。

我沉吟著，「這有些像子宮頸糜爛的症狀，得先檢查一下。對了，你家裏有電筒嗎？」

「有，你要電筒做什麼？」她問我道。

「你家裏沒有合適的燈光設備，只好用電筒看裏面的情況了。」我回答說。

她的臉上頓時一紅，嘀咕道：「馮笑，我裏裏外外可都被你看遍了啊。」

「常姐，你別這樣說啊。我可是醫生，這是正常的檢查方式。」她的話讓我也有些尷尬起來，急忙地向她解釋道。

「我和你開玩笑的。你等等，我去給你拿電筒。」她朝我嫣然一笑，然後去到了一個房間裏面。

我坐在客廳的沙發上有些不大自在。雖然我已經不是第一次在這個地方給她處理問題了，但這樣的方式依然讓我不大習慣，依然感到很彆扭。

不一會兒她出來了，手裏拿著一個電筒，「我最近才買的，經常一個人在家裏，擔心停電。」

我開始四處看，想找到一個合適的地方。她的家畢竟沒有檢查床。「這樣吧，你脫掉褲子後坐到沙發上，我去給你搬兩張椅子來，你的腳立著分別放在兩張椅子上面。」我頓時就有了辦法。

簡單的截石位，我戴上了手套，然後輕輕將食指和中指併攏插入到了她的陰道裏面。「馮笑……」她輕聲在叫我。

「怎麼啦？」我問道。

她卻沒有回答我，而是在開始呻吟。我頓時尷尬起來，只好不去理會她，儘快做完了雙合診。幸好我帶來了棉籤和玻片，隨即給她的膿性分泌物取了個樣本，放入到了一個小試管裏。隨後給她放入了窺陰器。打開電筒的開關，然後朝裏面照射，仔細地去看。

確實有糜爛。我簡單地判斷了一下，應該是屬於二度糜爛性質的。隨即在她子宮頸的地方刮了一張片。

「好了。」取出了窺陰器後，我對她說道，「是子宮頸糜爛，我已經取了樣。我拿回去檢查後，告訴你結果和治療方案。」

「馮笑，你剛才用手的時候我好舒服，你可不可以……」她卻躺在那裏沒有動，用一種蝕骨的聲音在對我說。

我頓時僵立在了那裏。

「我一個單身女人……馮笑，你別笑話我，我是女人啊。我知道讓你和我那樣對你有些過分，但是你用手總可以吧？」她繼續在對我說道，聲音很小。

「常姐，你目前的病情不應該那樣的，那樣會加重你目前的症狀。」我說，其實是一種推脫，這樣的事情我實在做不出來。

「我現在很難受。你幫幫我，好嗎？」她依然在說，同時伸出手來緊緊地將我的手抓住。

「常姐……」我看著她的下面，很為難。剛才，我才給她做完了檢查，在我的思想裏，依然把她當成自己的病人，而她現在的要求實在讓我無法轉變自己固有的觀念。

「你是醫生，知道怎麼樣才能讓我舒服，是不是？馮笑，我的好弟弟，你幫幫我吧，求你了。」她的手將我拽得更緊了。

我歎息了一聲，「好吧……」

我的手法當然很專業，所觸及到的全部是她最敏感的部位。她的身體像蛇一般地在沙發上面扭曲，嘴裏不斷地發出欣快的呻吟聲。我在心裏歎息著，慢慢地加快著手上的速度，終於，我的手上被她噴射出來的滑滑的液體沾滿了。我停止了下來，她已經沉沉地睡去。

我去到洗漱間，先洗乾淨了自己的手，然後開了熱水將一張毛巾浸濕。她依然在沉睡，我用熱毛巾慢慢清洗乾淨了她的身體，然後替她穿上了褲子。隨後將她橫抱去到了她臥室的床上，替她蓋上了被子。

「常姐，我走了。你醒來後有空的話，給我打個電話吧。」我發現她的睫毛在顫動，知道她並沒有真正睡著，只是進入到了一種完全銷魂的狀態罷了，所以我這樣對她說了一句。

她沒有說話。我轉身離去。

回到醫院後，我即刻把樣本送到了檢驗科。檢驗科的人我也很熟悉，因為我們婦產科的檢查畢竟很多。「這是我熟人的，麻煩你們單獨檢查一下。一是看有沒有什麼特殊的感染，二是確定一下有沒有癌變的情況。」

「什麼時候要結果？今天太忙了。」接受我樣本的檢驗員問我道。

「當然越快越好。」我笑著說。

「好吧，不過你得請我吃飯。」她笑著對我說。我也笑，「沒問題。」

我們與醫院很多輔助檢查科室的人都很熟悉，這樣的事情我們經常幹——熟人的檢查往往都不要錢的。當然，他們也經常會帶人來找我們免費看病。說什麼請吃飯只不過是一句玩笑話罷了。

隨後我回到了科室，「馮醫生，剛才還有人找你呢。」護士長對我說道。

「沒人給我打手機啊？」我詫異地道。

「可能不知道你的電話號碼吧。」護士長說，隨即怪怪地看著我笑，「還別說，那個女人蠻漂亮的。」

「護士長，別開這樣的玩笑啊。我們婦產科的病人中，美女本來就不少。」我笑著說，心裏卻對她這樣的玩笑很反感。

「馮笑，你來一下。」正說著，忽然聽到蘇華在醫生辦公室門口處叫我。我急忙朝她跑了過去。

「幹嘛？」我問她道。現在，我對她很佩服了，因為她從胡雪靜的病情上分析到了慢性淋病的可能。而我當時卻忽略了這個問題。在醫學上，診斷確實很重要，很多診斷誤差不僅僅是簡單的忽略問題，而是經驗的欠缺。

當時，在面對胡雪靜的問題上，我的想法就很單一，完全沒想到會有那樣的結果。現在我回過頭去分析自己當時的判斷就會發現：造成我判斷錯誤的原因其實是因為我主觀上對胡雪靜人品的肯定。然而醫學是科學的，它來不得半點虛假的東西，事實就是事實，一切以檢驗的結果為準。而檢驗的範圍卻必須服從我們對病情最基本的判斷與思路。這說到底就是經驗和水準。

「今天晚上幫我值一下夜班。別說不可以啊？」她對我說，不容我推辭的語氣。

本來我想告訴她昨天晚上我才值了夜班的事情，但是我沒有說出口來。因為我忽然想到她應該知道這一點。在這種情況下她對我提出這樣的請求，肯定是她有緊急的事情需要去做。

所以，我即刻地點頭了，「行，沒問題。對了學姐，你認識我們省婦產科醫院的人嗎？」

「認識啊。怎麼？你有什麼事情？」她笑著問我道。

我苦笑，「趙夢蕾準備去那裏作試管嬰兒，麻煩你給我介紹一位好點的醫生。我們科室早就應該開展這項業務了。要知道，我們作為全省知名的三甲醫院，竟然連這樣的專案都無法開展起來，真是汗顏。」

「學弟，如果你有興趣的話，我們一起向醫院申報這個專案怎麼樣？」她即刻來了興趣。

我搖頭，低聲地對她道：「問題的關鍵還是在主任那裏，她沒這個想法，我們申請了也沒用。你想啊，現在我們什麼設備也沒有，技術上我們也得從頭開始去學習，這樣的事情主任肯定不會同意的。」

「你和莊晴的關係不是很好嗎？你可以讓她去找她舅舅啊？」蘇華說道。

「她舅舅？誰啊？」我問道，隨即感覺到自己說漏了嘴，因為我的這句問話本身就表明自己承認了與莊晴不是一般的關係了。

但是，話已經說出了口，就已經無法收回來了，而且我發現蘇華並沒有用特別的眼神來看我。

「你不知道她舅舅是誰啊？就是我們醫院的副院長章華泰啊。你竟然不知道？」她詫異地問我道。

這下我就更放心了，因為她的問話就已經說明了她並沒有懷疑我與莊晴的那種關係，於是我苦笑著說：「我曾經聽說過她是我們醫院某位領導的親戚，但是我從來沒有問過她。」

「章院長分管業務，你通過莊晴的關係去找他的話，說不一定會得到支持的。這個專案確實不錯，而且收入可觀。學弟，我覺得你應該努力爭取一下。」她繼續地道。

聽到她說出「努力」二字的時候，我心裏不由得一顫，因為我和趙夢蕾都是用這個詞去談及我們夫妻之間的那件事情的。不過我只是在心裏震顫了一瞬，隨即點頭道：「行，我問問。」

「夜班啊。說定了啊。」她笑著對我說，同時像男人一樣地拍了拍我的肩膀。

「我不是答應你了嗎？」我朝她笑。

「學弟，你也真是的，找個老婆是二婚，而且還不能生孩子。哎！」她歎息。

「兩個人在一起覺得幸福就可以了，孩子的事情並不是那麼重要的。況且現在科學技術已經很發達了，應該很容易解決這個問題的。」我說。

「你真的覺得自己很幸福？」她問。

我一怔，隨即才點頭，「當然。」

「哈哈！學弟，你就這樣自欺欺人吧。我還不知道你？得，不說了，這是你自己的事情，我懶得管你。」她大笑著離開。

我隨後又去到了檢驗科，「怎麼樣？結果出來了沒有？」「出來了。沒問題，很正常。」她把檢查結果遞給了我。

我頓時放下心來：看來就是一個單純的子宮頸糜爛。

一般來講，子宮頸糜爛與性生活的不正常有著密切的關係，比如不潔、與多位男性發生關係等。

當然，月經的異常、多次刮宮等因素也可以造成這樣的結果。不過，我覺得常育主要還是她非正常的性發洩方式引起的。比如今天她要求我對她做的那件事情。我得好好勸勸她。我在心裏想道。

估計她還在休息，所以我就沒有即刻給她打電話告訴她檢查的結果。我覺得還是等她自己打過來的好。

於是回家。

剛剛走到家門口處，就接到了她的電話，我急忙跑到了過道的一個角落處接聽。「我在維多利亞酒店等你，我們一起吃飯吧。」她說。

我只能答應。

還是先回了一趟家。昨天晚上值了夜班，身上黏糊糊的不大舒服。隨即洗了一個澡，然後換上一套筆挺的西裝。

在樓下的時候正好碰上趙夢蕾，「又要出去？」她問我道。

我點頭，「有點事情。對了，今天晚上我要代學姐值夜班。」

「那你下午回來嗎？」她問。

「應該要回來吧。」我說，隨即問她道：「怎麼？有事情啊？」

「我想你了不可以嗎？你現在經常很晚才回家，我們好久沒努力過了。」她輕笑著對我說。

「我一定回來。」我急忙地道。

「那我等你啊。」她吃吃地笑著離開了。

維多利亞大酒店。

我進入到酒樓後，第一眼看見的就是陳圓。她輕輕舒展著雙臂在那裏專注地彈琴。我去到了鋼琴旁邊看著她微笑。她感覺到了，抬頭看了我一眼，臉上頓時朝我露出嫵媚的笑。

「我來吃飯。」我笑著對她說。她依然在朝著我笑。她的笑我讀懂了，意思是說：我知道了，你去吧，別影響我彈琴。

我再次溫柔地看了她一眼，轉身離開。

「馮醫生，你怎麼不給我打電話啊？我也好提前給你安排一下。」胡雪靜朝我走了過來，她笑吟吟地對我說。

「不用了，就兩個人。」我說，隨即朝大廳裏面掃視，發現常育已經在那裏了。大廳靠窗的一個位置處，「胡經理，我和朋友談點事，不需要特別的照顧。」

她點頭。很明顯，她聽明白了我的意思：我不希望別人的打攪，包括她。

上次宋梅告訴了我斯為民可能的意圖之後，我就開始對這兩口子警惕了起來。而今天常育說到這裏來吃飯我卻並沒有反對，因為我很想驗證一下宋梅的分析。如果真的如同宋梅分析的那樣，那麼在今天或者最遲明天，斯為民就會打電話來的。我心裏想道。

「我們點幾個經典的川菜吧。才從國外回來，嘴巴裏面淡得厲害。」常育看見我第一眼的時候，臉上微微紅了一下，隨即就變得自然起來。

我說：「好，常姐，檢查結果出來了，就是單純性的子宮頸糜爛。問題不大，不過需要及時治療。」

「那就好，等我有空了再說吧。」她說。

「常姐，雖然你目前的情況問題不是很大，但是子宮頸糜爛往往是很多子宮頸癌的前奏。你想想，子宮頸處的黏膜細胞不斷糜爛、替換，時間一長就很容易導致癌變的，你千萬不要掉以輕心。」我正色地對她說。

「好吧，那我就聽你的，誰讓你是醫生呢？咦？我給你的手錶怎麼不戴上？你不喜歡？」她笑著說道，隨即看了看我的手腕處驚訝地問我。

我笑了笑，「你的禮物太貴重了，我戴著不大合適。」

「喜歡就行，你管那麼多幹什麼？現在還有不少的人戴假貨呢。你戴上吧，你是婦產科醫生，需要一塊好的手錶。」她笑著對我說。

「好吧，既然你這樣說了，那我明天就戴上吧。」我點頭道。

她朝我嫣然一笑，「這就對了嘛，真是我的好弟弟。」

我猛然地想起在她家裏的那個旖旎場景，頓時不自在起來，「常，常姐，我正要給你講呢，你目前的情況可能與你這種生活方式有關。你是女人，女人的身體嬌嫩如花，千萬不要再糟踐自己了。好嗎？」

「我從來沒有聽說過這種說法。我是單身女人，不那樣還能怎樣？」她低聲地說了一句，聲音裏面帶著哀怨。

「香港影星梅豔芳你知道吧？多優秀的人啊，結果年紀輕輕的就香消玉殞。常姐，我絕不是危言聳聽，只是希望你能夠好好愛惜自己。既然你的前夫那樣對你，那你就不應該再去懷念自己的過去了，更不應該像現在這樣糟踐自己。常姐，你還年輕，再找一個合適的不就行了？」我勸慰她說。

她搖頭，「算了，我一句傷心透了，不想再找人了。馮笑，我們不說這件事情了好嗎？對了，你前些日子打電話給我，是想問那個專案的事情吧？」

我點頭。

現在她主動提起了這件事情，我頓時鬆了一口氣。莊晴對我講過要讓我好好幫一下宋梅，我覺得這就是機會了。不過，我同時也覺得自己應該向她解釋一下，「常姐，你是知道的，在這件事情上，我自己本身是不在乎的，因為我並不是什麼生意人。而且我掙的錢已經夠我花的了。在金錢的問題上，我看得並不那麼重。不過我也是受朋友所托，只是覺得自己應該幫助她一下。」

「他？誰啊？男的女的？」她笑著問我道。

我有些不大好意思，「當然是女的，她對我很好。」

「不會是她吧？」她問我道，用她的下顎朝陳圓彈琴的方向翹了一下。我急忙地道：「不是。」

「馮笑，想不到你還是一個多情種子呢。哎！常姐是老了，沒那個福氣啦。」她歎息道。

「常姐，你是我的姐呢。我只能把你當成我的姐姐對待啊。」我心裏頓時慌亂起來，急忙地道。

她瞥了我一眼，哀怨地道：「你的那位還不是你妹妹？說到底還是我老了。」

我更加的不自在了，「常姐……」

她朝我笑了笑，「你別緊張，我只是說說而已。我們現在是什麼關係了啊？相當於你和你老婆的關係吧？我裏裏外外都被你看過了，也摸過了。雖然我們沒有過實質性的東西，但是我早已經把你當成我的男人了。馮笑，你很不錯，我很喜歡你。你這人心腸好，對女人很細心、很愛護，你是真正的對我好，我心裏明白的。好啦，看你，臉都紅了，呵呵！現在你完全不像一個婦產科醫生的樣子了。吃東西吧，我們邊吃邊說事情。哦，對了，宋梅最近是不是來找過你？」

我長長地舒了一口氣，「是啊，常姐，他告訴我說你們朱廳長也介入了這個專案，是不是這樣？」

她的臉上波瀾不驚，「你告訴我宋梅對你說過的所有的話，越詳細越好。」

我心裏暗暗地詫異，詫異於她現在的這種冷靜。她雖然沒有回答我的這個問題，但是從她平靜的神色上，我感覺到了宋梅告訴我的應該是事實。

於是我把那天與宋梅的談話全部告訴了她，隨後說道：「常姐，我想了，如果這件事情會影響到你的前途的話，那就放棄吧。我已經告訴宋梅了，他給我的卡我可以隨時還給他。」

她沉吟半晌後，才歎息道：「馮笑，宋梅這個人可不是一般的聰明啊。他說得對，現在我與朱廳長已經膠著在這個專案上了。不過我不願意退讓，這不是錢的問題，這涉及到我的面子，還有我的威信。不過宋梅說得也很對，他不可能去與斯為民合作，因為那樣很可能會上對方的當。對了馮笑，你也不妨去與那個斯為民接觸一下，不過你要堅持一點，那就是千萬不要對他講實話，此外，你還得保持你目前的狀態，讓他對你不加防範。說不一定還可以因此掌握到對方的一些證據呢。馮笑，你想想，假如我能夠當上正廳長的話，事情不就可以變成板上釘釘的了？」

我不禁在心裏苦笑：你這不是把我當成了間諜嗎？不過我不好多說什麼，唯有點頭。

「你告訴宋梅，讓他不要來找我。有什麼事情的話，他可以告訴你，然後由你來對我講。現在是特殊時期，大家都很敏感。」她隨即又對我說道。

「嗯，我知道了。」我說。

「馮笑，」她抬起頭來看了我一眼，眼裏是攝魂的笑，「你真厲害，我還是第一次有過那樣的高潮感覺。是你給我的。」

我又一次地不自在起來，「常姐……」

「我還想要一次，一會兒你和我回家吧。好嗎？」她對我說，同時伸出手來將我的手輕輕地握了一下。

她的這個請求讓我感到極其為難。「常姐，你這樣真的很不好，你的身體已經這樣了，還是應該先治療才可以。」

她看了我一眼，隨即幽幽地問我道：「馮笑，你是不是覺得，我不是一個好女人？」

我搖頭，「一個人是不可能簡單地用『好』或者『壞』去評價的。任何人都有自己的欲望，而讓自己的欲望得到發洩，是每個人作為人的權利。常姐，我說一句你不愛聽的話，其實在我的心中很憐惜你，我覺得你太可憐了，因為你雖然擁有權力，但是卻不能享受作為一個正常女人最基本的性的滿足。正因為如此，我才覺得你應該完全地忘掉你的過去，然後重新去找一個自己喜歡的愛人。」

她久久地看著我，隨即低聲地道：「馮笑，你說得真好。不過，再找一個男人的事情已經不可能了，我已經不再相信任何的男人了。」

說到這裏，她看著我笑了笑，「不過你是例外。但是話又說回來了，你不也早就背叛了你的妻子嗎？連你這麼優秀的男人都這樣了，你說我們女人還會相信哪一個男人？算啦，就這樣過一輩子吧，這樣還輕鬆自在一些。」

我很慚愧，不過覺得她說得也對。「常姐，有些事情看淡一些就可以了，如果太較真的話，受到傷害的只能是你自己。」

說到這裏，我心裏忽然想起了趙夢蕾來：或許她是知道我的事情的，她是那麼的聰明，她不可能對我的事情毫無察覺，也許她只不過是睜隻眼閉隻眼罷了。

想到這裏，我的背上不禁汗津津的了。隨即又想道：或許她真的並不知道，也可能她知道，只不過早就看淡了，或許她只是為了麻痹自己，將自己包裹在她自己設置的理想化的夢幻中。她是一個有過失敗婚姻的人，所以她不想再經歷從前的那種失敗。

不，不對。如果真的是那樣的話，她就該早點要孩子，即使是做試管嬰兒也不會拒絕。她應該想到，如果我們有了孩子的話，或許可以改變我目前的這種狀態。

我是婦產科醫生，對女性的某些心理有著透徹的瞭解。但是現在，我卻發現自己對趙夢蕾的心理竟然一無所知。不過，我內心裏一直堅持著一個原則：絕不故意地去傷害她。

她在微微點頭，隨即抬起頭來看著我道：「馮笑，我們吃完飯就到醫院去吧，你早點給我治療。」

「行。」我說，心裏暗暗地道：想不到她現在竟然如此急迫。由此我不難推測她在工作上也是這樣，要麼猶豫不決，要麼風風火火。或許這正是她能夠這麼快到達高位的原因呢。

吃完飯後，我帶著她去到了醫院。在離開酒樓的時候，我去到了陳圓的身邊，然後在她耳邊輕聲地說了一句：下午我去你那裏。

她的琴聲頓時亂了幾下。我急忙地離開。

剛才我們在吃飯的時候，常育的那句話讓我的心裏開始躁動起來，而我卻忽然不想讓自己的這種躁動從趙夢蕾那裏發洩掉了。現在，我和趙夢蕾在一起的時候總是像完成任務似的去操作完那一切。今天我不想操作，想好好的激情一次。

常育躺在治療床上，截石位。我首先用高錳酸鉀沖洗了她的陰道，然後用二氧化碳鐳射治療儀特製的治療頭去照射她子宮頸部位的糜爛組織，其目的是使她子宮頸處的糜爛組織碳化、結痂、脫落，然後再生長出新的鱗狀上皮。宮頸處的鱗狀上皮才是正常的組織。

這種治療其實很簡單。婦科疾病最關鍵的是要早發現、早治療。這樣才會杜絕繼續向惡性的方向發展。在我的臨床實踐中發現，很多生殖系統癌變的病人其實都是拖出來的。這也是很多女性病人令人扼腕歎息的可悲之處。

「回去好好休息幾天，一定要注意預防感染。」給常育做完了治療後，我吩咐她道。

「嗯，晚上你可以來看我嗎？」她低聲地問我道。

我搖頭，「不行啊，今天晚上我要替我學姐代班。」

「你真好，你們婦產科裏就你一個男人是吧？別被她們給寵壞了。」她笑著和我開玩笑。

我苦笑，「還寵呢，經常幫別人代班，差點成奴隸了。」

「那是你為人好。」她笑著對我說，「對了，那件事情你讓宋梅不要著急，先放一放比較好。」

我點頭。

常育剛離開，莊晴就過來了，「她來看病？」她低聲地問我道。我點頭，「是啊，子宮頸糜爛。我已經給她作了治療。對了，那件事情我已經給她講過了，宋梅的事情。不過現在可能有些麻煩，她建議暫時放一下。」

「你自己去告訴宋梅吧，我只是說說而已。」她說，隨即離開。

我看了看時間，即刻給宋梅打了一個電話，我約他馬上到醫院對面的茶樓來。

很快地他就到了。

「我已經和常姐談了。她還表揚了你呢。不過，她的意見是暫時放一下。她已經表態了，會儘量爭取的。」我決定儘快談完這件事情，因為我已經與陳圓約好了下午在一起。

「現在的問題是要如何把對方完全打壓下去，不然的話會始終處於僵持的狀態。俗話說夜長夢多，我很擔心這樣的情況發生。」他說。

「打壓？如何打壓？」我問道。

「如果你能夠繼續與斯為民接觸下去的話，或許可以從中拿到他們的證據，這樣一來就可以置朱廳長於死地了。到時候常廳長當上了第一把手，這個專案豈不是手到擒來？」他說。

我暗自驚訝：沒想到他與常育的想法竟然完全一樣。

「就這樣吧，我還有點事情。你放心，我會盡力幫你的。」我說。我的話說得很含糊，因為我已經想過了：絕不去做對不起胡雪靜的事情。不管怎麼樣講，她可是幫助過陳圓的人啊。

「馮大哥，你等等。」他卻叫住了我。

「說吧。」我又坐回到了籐椅裏面。

「馮大哥，我覺得你還是應該讓嫂子儘快懷上孩子的好。你年齡也不小了，俗話說，早生孩子今後才好早享福。你說是嗎？」他隨即對我說道。

我覺得很奇怪：他今天是怎麼啦？我老婆生不生孩子關他什麼事情？不過，我從他的眼神裏看到了一種真摯，「謝謝你。我會勸她儘快去做試管嬰兒的。」

他看著我，欲言又止。我問他道：「還有什麼事情嗎？」

「沒，沒有了。謝謝你馮大哥。」他說，「你還有事情的話，就先去忙吧。我也得馬上去辦點其他的事情。」

於是我離開了。在去往莊晴所住的地方的路上，我依然納罕：這個宋梅，今天究竟是怎麼啦？難道他知道了莊晴要給我生孩子的事情了？難道他現在後悔與莊晴分手了？不對啊，他是同性戀，不可能這麼快就改變性取向的啊？

一路上不住地胡思亂想，到了莊晴住處的門口處時，我還是沒有想明白是怎麼一回事。

敲門，即刻聽到屋內傳來了輕微的腳步聲。門被打開了，陳圓即刻伸出雙臂來將我擁抱，「你真的來了？」

我頓時激動起來，攔腰將她抱起，狠狠地去親吻她的唇，同時用自己的背將大門關上。長長的一個吻之後，我才對她說道：「我說了就會算數的。陳圓，你等我多久了？」

「沒多久。我剛剛回來，剛剛洗完了澡。」她說，隨即低聲地又道：「人家已經洗乾淨了在等你了。」

「陳圓，想不到你現在竟然變成這樣了。」我對她調笑道。

「以前我不知道，現在才發現那樣很好玩的。」她吃吃地笑著說。

「哪樣好玩？怎麼好玩的？」我的手已經伸進了她的胸裏面，發現裏面沒有任何的阻礙，她的乳房不大不小，正好盈盈一握。

「你討厭啦，你還不明白我的意思？」她嬌羞地道。

我頓時大笑，隨即抱著她去到了莊晴安排給我的那個房間，「你的房間太小了，一會兒活動不開。」我在她耳畔輕聲地說道，她的身體已經癱軟如泥。

這是我第一次單獨與陳圓在一起歡愛，前幾次莊晴都在。那樣雖然刺激，但每次我都有顧此失彼的慌亂與遺憾。今天，現在，我終於可以好好地、慢慢地愛她了。我發現，自己對她真的有了感情這樣的東西。

我的性格比較內向，而內向的人在平時看似木訥，不過一旦感情的缺口被打開之後，就會出現奔騰難止的狀況。我承認，自己的內心是澎湃的，與那些性格外向的人完全一樣。

下午的時候，我已經給趙夢蕾打過了電話，我向她道歉說下午有急事回不去了。她說：「沒事，明天中午吧。」

掛斷電話後，我很想抽自己一記耳光：馮笑，這世界上有你這樣無恥的人嗎？

我和她都在很短的時間裏面變成了嬰兒一般。我開始親吻著她白皙得有些透明的肌膚，雙手也在她的身體上面遊走。她軟軟的聲音讓我更加熱血沸騰，她早已經叉開雙腿開始呻吟，她的身子也是軟軟的像一團棉花，我陷在這團棉花裏，撲騰、翻滾、拳打腳踢，想把這團棉花撕成一堆棉絮；我的骨節錚錚作響，肌肉緊張得像擰起的鋼筋；我開始沒有了情趣，不再有歡愛前的浪漫情懷，也不再有思想、知識和意志，猛然地進入，然後與她一下一下地融為一體……終於，我感覺到了一種暢快淋漓，於是任憑自己下身猛烈地抽搐著，就像是要把睪丸、腸子、心、肝、肺全都從那兒噴射出去似的那樣抽搐著，只剩下一個呼啦一聲被掏空的軀殼……轟然倒塌，渾身冷汗，下身濕漉漉的，身子底下躺著還在蠕動著的冰涼的她。

我沒有想到自己這次完成得竟然是如此的快速，心裏有了一種微微的遺憾。但是我知道，自己已經愛煞了她了。

「哥，我好舒服。」她喃喃地在說。

我覺得有些慚愧，「陳圓，對不起，我來得太快了。我發現自己真的喜歡上你了，你是不是覺得我很無恥？」

她伸出手來捂住了我的嘴，她的手也是冰涼的，「哥，別這樣說，是我自己願意的。」

發洩過後的我大腦開始清明起來，我忽然意識到自己必須面對一個現實，「陳圓，對不起，我本來不想傷害你的，但是現在的事實卻變成了我已經傷害到你了。因為我無法給你一個家。」

說出這句話來後，我自己也感到羞恥，因為這樣的話我不僅僅對她講過。還有莊晴。

「哥，是我自己願意的。真的。我從小無依無靠，現在好了，不但有了一個好姐姐，還有了你這樣一個好大哥。以前我一直在想，我不知道自己的父母為什麼不要我了，所以我一直都很恨他們。

「上次的事發生了之後，我很想去自殺的，因為我完全感覺不到自己生存在這個世界上的樂趣。後來我發現你對我竟然是那麼的好，於是我對我自己說：只要你要我，我就會跟你一輩子。

「雖然我知道你已經結婚，但我只是有了一點點的遺憾。再後來，當我發現莊晴姐和你的關係後，心裏頓時有了一種高興。我知道了，你不屬於你妻子一個人，莊晴姐可以得到你，或許我也可以。

「馮大哥，對於我這樣的孤兒來講，有你喜歡我、愛護我就夠了。現在我覺得自己很幸福。真的。哥，你是不是覺得我很奇怪？」她在說，聲音柔柔的，但是她的每一個字都鑽入到了我的靈魂裏去了。我感動萬分，心裏也更加愧疚，緊緊地去將她擁住，「陳圓……」

我再也說不出其他的話來，我知道，現在即使我說什麼都會顯得蒼白無力，唯有從今天開始好好愛她，才可以報答她對我的這一片深情。

我與陳圓一直纏綿到下午五點多。因為我擔心莊晴下班回來看見，所以只好很不情願地離開。還有就是我得上夜班。

因為心裏愧疚，所以回家吃晚飯。

「我還以為你不回來吃飯呢。正說晚上給你送雞湯來。回來了就多吃點吧，晚上值班很辛苦的。」趙夢蕾對我說，溫柔得讓我無地自容。

吃完飯，懷著愧疚去到醫院，在路上的時候聽到手機在響，「馮醫生，下午怎麼沒接電話?在手術嗎?」是斯為民的聲音。

「沒聽見。」我含糊地回答，心裏在想：難道宋梅的分析是真的?

「本來說晚上請你吃飯呢，現在你吃過晚飯沒有?」他問道。

「我夜班。」我說，隨即問道：「什麼事情?」

「晚上不會有手術吧?我來陪你值夜班好了。」他說。

我頓時笑了起來，「婦產科呢，你一個大男人來像什麼話?」

他也大笑，「這倒是，我沒想到這一點。呵呵!那好吧，我們改時間聚。」

「斯總，你有什麼事情就說吧。不一定非得吃飯的。我很感謝你夫人幫了我的忙，所以我們之間就沒有必要這麼客氣了。」我問得很直接。

「電話裏面不好說，明天中午我們一起吃飯吧。」他說。

「到時候再說吧，就這樣了啊，我馬上進病房了。」我說，隨即壓斷了電話。

第八章

殺夫

「你憑什麼說趙夢蕾是兇手？你的證據呢？
她的為人我清楚，她善良、大度，對我很溫柔。
我不相信她是什麼殺人兇手。」
我說道，心裏已經開始慌亂起來，
因為我忽然想到趙夢蕾前夫對她的那種折磨。

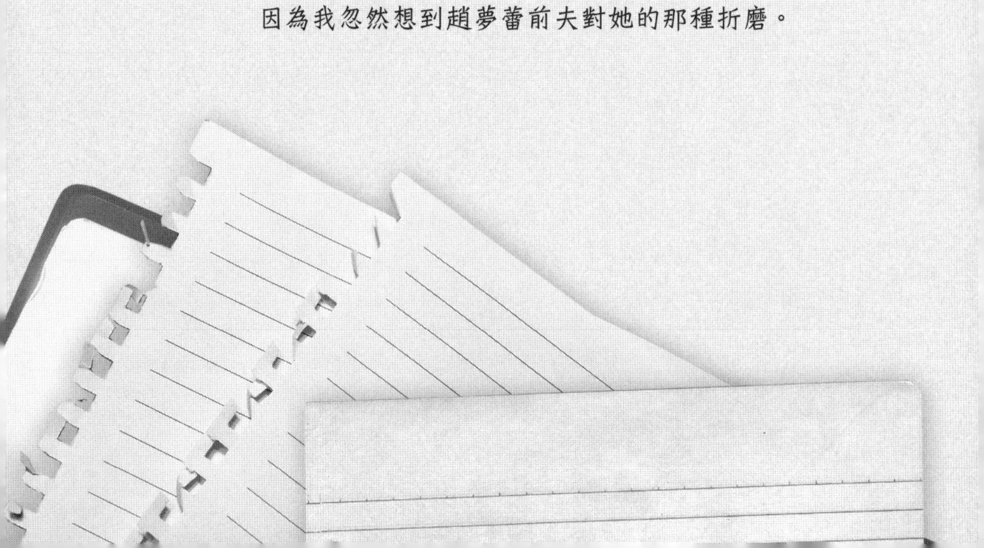

讓我沒有想到的是，在晚上的時候有一個人來到了我的辦公室。孫露露。

「斯總說你今天值夜班，他讓我來陪你說說話。」她進來後笑著對我說。她的手上提著水果，嘴角的酒窩很漂亮，很迷人。

「我經常上夜班，哪裏需要人陪啊？斯總也真是的，何必麻煩你呢？」我心裏頓時警惕了起來，嘴裏卻在客氣地說道。

「上次見面後一直沒和你聯繫過。」她笑著說，「其實我今天來也是想麻煩你幫我檢查一下。最近我總覺得不大舒服，白帶有些多。」

如果是其他人的話，我倒是相信她確實是想來讓我作檢查，但是她……我直接聯繫到了斯為民的意圖，頓時覺得這件事情太過匪夷所思：他採用這樣的方式來討好於我，就好像我是一個流氓似的，把我看病作為了看美女的隱私部位。我心裏頓時不悅起來，「孫露露，說吧，有什麼事情直接講。我是醫生，不是你們想像的那種人。」

她的臉頓時紅了起來，「馮，馮醫生，我真的是想順便來請你檢查一下。」

「順便？那說明你今天來仍然是帶著斯總的任務來的，是不是這樣？」我問道，語氣平和。對這樣漂亮的女人，我無法說出過於刻薄的話來。

「他沒有給我交辦任務，真的。就是讓我來陪陪你。」她說。

我看著她美麗的容顏，心裏頓時升起一個怪怪的念頭來，「孫露露，斯總的意思是說讓你來陪我是吧？也就是說，如果我隨便要求你怎麼陪我，你都會同意？」

本以為她在聽了我的話之後會勃然大怒的，但是讓我很奇怪的是，她沒有。她看著我嫵媚地笑，「馮大哥不會對我有過分的要求的。你是醫生，而且現在是在你的科室裏。我對你們婦產科的男醫生還是有所瞭解的，你們的品德都很好。」

我一怔，隨即大笑，「說得好！不過，我真的不需要你來陪我。你看，我還得去巡查病房呢。你自己忙去吧。」

「不，我不會離開。你自己去忙你自己的吧。」她倔強地說。

我頓時明白了，「這樣吧，我馬上給你們斯總打電話。」

她淡淡地笑。

我開始撥打電話，但是卻發現他竟然已經處於關機的狀態，這下我反而有些不知所措起來，急忙又給胡雪靜打電話。

她的電話通了，「我想找一下你先生。」

「他不在我這裏啊。今天他好像在陪客戶，怎麼？你打不通他電話？估計是他的手機沒電了。」她回答說。

「他……算了。」我頹然地掛斷了電話。我覺得這件事情對她講了不大好。

孫露露在看著我笑。

「我去查看病房了。你最好回去。不然別人會說閒話的。」我直接逐客了。

「好吧。」她說。

我心裏頓時輕鬆了下來。「不過……」她卻又說道，「你還沒給我檢查呢。」

「明天來吧，上班的時間來。」我說，覺得現在給她檢查有些怪怪的。

「現在你不是正在上班嗎？」她笑著問我道。

我唯有苦笑，「好吧，你等等，我去叫護士。」

「為什麼要叫護士？」她問，很詫異的樣子。

「這是規定。這樣做的目的不但是為了保護病人，也是為了保護我們自己。」

我解釋說。

「我信任你，我也不會害你。」她笑著對我說。

「那可不行。這是規定，我必須執行。」我說，心裏更加警惕了：如果我不叫護士的話，說不定她會趁機抓住我的把柄，然後威脅我什麼的呢。想起宋梅那次對斯為民的分析，我心裏頓時一緊。

「馮大哥，你這人吧，呵呵！想不到你蠻規矩的。」她看著我笑。

我苦笑，「孫露露，我明白了，你今天來完全是為了勾引我。我一個小醫生，值得你這樣嗎？說吧，究竟為了什麼？」

她即刻止住了笑容，歎息道：「可憐我花容月貌，竟然還有男人對我不感興趣。我忘了，你是婦產科醫生啊。」

我看她不像是開玩笑的樣子，「你說對了，我是婦產科醫生，天天在病房看女人，看女人最神秘的部位。所以，和我沒有感情的女人我是不會被勾引的。」

「你看我們女人的那個部位，是不是覺得就是一個器官而已？」她問我道，歪著頭。

我不得不佩服她的大方與膽大，點頭道：「是的。」隨即又對她說了一句：「孫露露，你們斯總是我的朋友，他完全沒有必要這樣做的。我想，他最開始本來想讓沈丹梅來的是不是？後來才選擇了你？」

我問她這個問題有我自己的理由，因為沈丹梅曾經被我發現患有尖銳濕疣，這個情況沈丹梅或許對斯為民講過，他知道我這個當醫生的人對那樣的疾病更反感。當然，我不可能在孫露露面前說得那麼細，因為這畢竟涉及到沈丹梅的隱私。

可是，她卻在搖頭，「馮大哥，你錯了。」

「哦？我怎麼錯了？」我詫異地問。

「今天斯總在辦公室與我和沈姐開玩笑，他說你馮大哥對美女有著很大的免疫力，他拿出五萬塊錢和我們打賭，說我和沈姐都不能讓你動心。沈姐當時就說她拿你沒辦法，她的道理很簡單，她說她在門診見過你，發現你正眼都沒看過她一眼。我不服氣，於是就來了。」她說，隨即歎息道：「看來這五萬塊的外快，是拿不到手了。」

我當然不會相信她的鬼話，「打賭？既然是打賭的話，那你輸了怎麼懲罰？」

她癟嘴道：「還能怎麼樣？陪他睡覺唄。」

我瞠目結舌地看著她。

「幹嘛這樣看我？虧你還是婦產科醫生呢，怎麼這麼傳統？」她瞪著我說道。

我哭笑不得，隨即膽子也大了起來，「這麼說來，你經常陪他睡覺？」

「別胡說啊，要是那樣的話，他捨得拿出五萬塊錢來和我打賭嗎？你們男人還不是都一樣？得到了就不珍惜了。」她卻忽然笑了起來。

我的腦海裏再次浮現起宋梅對斯為民的分析來，「這麼說來，你們斯老闆是一個很正派的男人了？」

「這倒是，他這個人啊，雖然平常在生意場上逢場作戲，但是卻很少在外面亂來的。」她回答。

我頓時也笑了起來，「你這話不是太矛盾嗎？他明明知道我不會受你的引誘，卻偏偏讓你來我這裏，他這不是安心想和你那樣嗎？」

說完後我就看著她，看她如何解釋這個問題。心裏在冷笑：這下露陷了吧？

可是，她卻隨即將她的唇遞到了我耳邊說道：「他很喜歡我，暗示了我好多次了，可是我就沒有答應他。」

我慌忙地退縮，「為了五萬塊錢，你就同意了？」

「五萬啊，我一年的工資呢。何況我很想試試，你究竟是不是像他說的那樣不近女色。」她朝我媚笑著說。

「打住啊，我可不是太監。」我哭笑不得，「我剛才不是對你講過嗎？我只和與自己有感情的女人那樣。」

「不管對方美與醜？只要有感情就行？」她問道。

「你這是什麼話啊？我是那樣的人嗎？」我差點崩潰了。

「那這樣吧，今後我們倆多交往吧。我長得還不醜是吧？現在我們缺乏的就只有感情了是吧？」她看著我笑，笑得雙肩不住地聳動。我發現，她美麗的面容與她說出的語言完全不匹配——她的面容像天使一般的美麗、純淨，但是說出的語言卻如同女流氓似的讓人難以適應。

「斯總喜歡的人我可不敢染指。」我笑道。

「你的膽子這麼小？」她頓時笑了起來。

「孫露露，你這麼漂亮，難道還怕沒人喜歡你啊？」我不想再和她討論這個問題，我實在不大習慣。

「好吧。我們不說這個了。馮大哥，你給我講講你們科室裏有趣的事情好嗎？」她隨即對我說道，神態也變成了一副天真爛漫的模樣。

「那可不行。婦產科的事涉及到病人的隱私，不能隨便講的。」我拒絕了她。

「那你講講你遇到的其他方面有趣的事情總可以吧？」她又道。

我不好拂她的意，想了想於是說道：「大學實習神經內科的時候遇到一個病人，我給她檢查視覺範圍，就是在頭部不動的情況下，雙眼可以看到兩側的最大範圍。我伸出食指放在她前面的正中然後朝左緩緩運動，同時問：『看得到嗎？還看得到嗎？』可是，當我將食指運動到了她一側很遠的地方後，她還在說看得到。我很是詫異，於是就問她：『你究竟看到了什麼？』她回答說：『我看見你的一隻眼睛小，另一隻眼睛大。』我頓時苦笑不得，我讓她看我手指，結果她卻來看我的眼睛。」

她「咯咯」地笑，隨後問我道：「那個病人是女的吧？」

我點頭。

「難怪，誰叫你那麼帥呢？」她呵呵地笑。

這下我真的哭笑不得了。

就這樣，我們倆一直在我辦公室裏閒聊著。我完全忘記了去巡查病房的事。幸好病人也沒有出現什麼情況，所以一直都沒有人來打岔。

不知道過了多久，我發現她在看時間，「馮大哥，現在斯總可能開手機了，你再打一通試試？」她對我說。

我看了看時間，發現已經很晚了，「算了，你也回去吧。」

「我來打。」她說，隨即開始撥打電話，「斯總，我還在馮大哥這裏呢。怎麼樣？我贏了吧？」

我瞠目結舌地看著她，她卻隨即朝我笑道：「斯總讓你接電話。」

我莫名其妙地去將電話接了過來，即刻聽到電話裏傳來了斯為民爽朗的聲音，「馮醫生，你害死我了，讓我輸掉了五萬塊錢。」

「什麼？」我更加的莫名其妙。

「你們是不是一直在聊天？」他問我道。我茫然地回答：「是啊，怎麼啦？」

「孫露露和我打賭，她說她今天晚上可以在你的病房裏陪你到十一點。我不相信，因為你在值班，不可能一直陪她的，結果我輸了。」他說。

我頓時有了一種被戲弄的感覺，憤怒地去看著孫露露，「你太過分了吧？竟然拿我的寬容開這樣的玩笑！」

她卻已然在笑，「馮大哥，你別生氣啊。我為了打贏這個賭，不是還準備免費給你看我的身體嗎？好啦，別生氣了，我改天向你賠罪啊。」

我頓時愣住了。她笑了笑，忽然地過來抱住我，快速地在我嘴唇上吻了一下後就跑出了我的辦公室，「拜拜！謝謝馮大哥！」

我看著她的背影，目瞪口呆。

第二天中午與斯為民碰了個面。在醫院外邊不遠處的一家酒樓。現在我不大喜歡去那位風姿綽約的女老闆那裏吃飯了，她太過熱情，讓我有些受不了。

昨天晚上孫露露離開後，我更加覺得宋梅的分析是正確的了。由此我心裏頓時產生了一種憤怒的情緒——任何一個人像這樣被人算計，都是很不舒服的。

所以，我與斯為民一見面我就開始直接問他：「斯老闆，我倒是很不明白了，我不就一個小醫生嗎？值得你這樣又是請客又是美女的來巴結我嗎？說吧，究竟有什麼事情？你別說是因為你老婆的事情才來感謝我的啊？我不會相信的。」

「你真的不知道我為什麼找你？」他卻在看著我奇怪地笑。

我猛然地想起常育對我的交代來，隨即搖頭，「我哪知道啊。你把我搞得莫名其妙的，特別是昨天晚上，你讓孫露露來和我開那樣的玩笑太過分了。要不是想到你是胡經理的老公的話，我早就生氣了。」

「實話對你講吧。我確實有事情想要麻煩你。」他說，神情變得嚴肅起來，「馮醫生，你和省民政廳的常廳長關係不錯是吧？」

「她只是我的病人而已。你老婆不也是我的病人嗎？」我說，淡淡地。

「你就不要再騙我了。」他的臉上堆滿了笑，「我已經瞭解過了，宋梅那個陵園的專案，是通過你介紹給常廳長才簽訂了意向性協議的。是不是這樣啊？」

我搖頭，「斯老闆，你錯了。實話告訴你吧，我幾次與常廳長在一起吃飯的時候，莊晴都參加了的。莊晴曾經是宋梅的女朋友，這件事情你是知道的吧？」

他點頭，「我當然知道。不過這個宋梅可是下了血本的啊。為了這個專案，他連自己的女朋友也捨得送給你。」

我勃然大怒，「你別胡說！」

「對不起。」他急忙地道，「馮老弟，你別激動。我一直在想一個問題。因為我最近仔細地觀察過你，發現你並不是那種見了女人就不講原則的男人。相反地，你這人還非常的重情重義，而且結識女人也很有分寸。所以我就很奇怪了，我奇怪你為什麼會接受宋梅的女朋友呢？」

「這是我的私事。我一個小醫生，又不是什麼領導幹部，我怕什麼？」我心裏忽然緊張了起來，不過我依然做出一副強勢的樣子。只有我自己知道現在的心虛。

「不，你不是那樣的人。我從你對小陳的事情上就知道了你的為人了。我覺得太不可思議了。」他搖頭道。

「別談這件事情了吧。我告訴你了，宋梅的專案與我真的無關。」我開始煩躁起來。

「誰會相信呢？」他笑道，「常廳長和你的關係我老婆早就告訴我了。她親眼看見你和常廳長在一起吃飯兩次了。我可以肯定地說，如果不是你的話，常廳長根本就不會去接觸那個宋梅。很明顯，你也是為了莊晴才那樣去做的。」

我看著他，冷冷地道：「那麼，你先告訴我，你和我認識的過程是不是早就謀劃好了的？」

本以為他會矢口否認，但是卻想不到他竟然即刻地就承認了，「是的。我正說找機會認識一下你呢，結果我老婆恰好就在她上班的酒樓裏見到你了。我曾經告訴過她你這個人，她當時就趁機與你建立了關係。幸好有陳圓的事情在，不然後面的事情還很麻煩。

「我很擔心你不會無憑無故地和我談專案的事情，這下好了，正好有了那個機會。其實我也沒料到我老婆竟然患上了那樣的疾病……呵呵！其實她的病並不是我傳染給她的，她心裏最清楚。不過在這件事情上我和她做了一次交換。那就是我不計較她曾經的紅杏出牆，但是她必須幫我演好後面的戲。

「馮老弟，陵園的專案對我太重要了，我必須得到它。怎麼樣？我可是夠坦誠的了吧？對了，如果你喜歡孫露露的話，我可以做她的工作。說實話，她可比那個什麼莊晴漂亮多了。」

雖然我心裏早有準備，但是事情的真相真的被他自己揭示出來之後，我還是驚呆了。

他卻繼續在說：「馮老弟，可能你也知道了，這個專案我稍微出手晚了些，結果才造成了宋梅捷足先登的狀況。其實這個專案是有一次我在與宋梅喝酒的時候無意中說出來的，但是我想不到他竟然卑鄙地提前介入了。哎！都怪我當時喝多了酒，同時也按捺不住內心的興奮才說出了專案的事情。現在我腸子都悔青了。」

我詫異地問他：「你和宋梅很熟悉？」

「怎麼會不熟悉？他可是我多年朋友的弟弟！他是什麼人我完全清楚！這個人

太聰明了，而且做事情不擇手段。哎！」他回答說，同時搖頭歎息。

這下我才是真正地驚呆了，因為我完全沒想到事情的真相竟然是這樣的。由此我可以分析出一點來：宋梅一定以為斯為民不會這麼直接地承認他曾經謀劃的一切，所以也就沒有料到他會說出事情的真相來。他確實太聰明了，不過他太自信，總以為其他的人與他是一樣的，不會說出自己的真實意圖來。而斯為民卻反其道而行之，他對我來了個推心置腹。

我心裏開始憤怒，不過卻沒有表現出來，「斯老闆，我真的幫不了你。我承認常廳長和我的關係比較好，但那也僅僅只是局限於朋友之間的那種感情。她那麼高的級別，而我卻只是一個小醫生，她不會事事都聽我的。」

「我只需要你給常廳長說一句話，就是讓她不要再管宋梅的事情就行了。其餘的事情我自己去辦。馮老弟，你放心，宋梅能夠給你的，我都可以給你，我可以給你五百萬的現金再加上一部分股份，還有孫露露。或許你覺得還不夠，那也沒什麼，只要我能夠做得到的，你提出來就行了。」他笑著說道。

我心裏霍然一驚，急忙地道：「我可沒有接受過宋梅的錢。」

「為了莊晴，值得嗎？你要知道，莊晴可是宋梅的女朋友啊。她可是夥同宋梅一起來騙你的！」他對我說道，神情真誠。

我搖頭，「你錯了，宋梅根本就不喜歡莊晴，他們早已經分手了。」

他驚訝地看著我，「你，你怎麼會這麼認為呢？難道你不知道嗎？宋梅與莊晴可是夫妻關係啊，他們可是結了婚的！」

「不可能！」我頓時驚呆了，驚恐地看著他。

他看著我搖頭，「馮老弟，你真的被他們給欺騙了。真的！」

「不可能。」我喃喃地道，「宋梅是同性戀，他怎麼可能和莊晴結婚呢？而且我和莊晴好的時候，還不認識常廳長呢。」

「什麼？宋梅是同性戀？哈哈！這可是我有史以來聽到過的最大的笑話！」他猛然地大笑了起來。

「你覺得很好笑是不是？那你一個人在這裏慢慢笑吧，我走了。」我冷冷地看著他，隨即從座位處站了起來。

「對不起，馮老弟，是我不對，你請坐。」他急忙地跑過來拉住了我，「兄弟，我剛才忘形了，因為我覺得這件事實在是太好笑了。對不起，對不起啊。你先請坐，聽我慢慢告訴你。」

我見他的態度誠懇而謙恭，猶豫了一瞬後才緩緩地坐下。

「兄弟，這件事情我不想多說了，你自己去判斷吧。我對宋梅很瞭解，他在外邊還有好幾個漂亮女人呢。為了這件事情，莊晴還和他吵鬧過很多次。哎！算了，我騙你也沒意思是不是？謊言總有被揭穿的時候啊。算啦，專案的事情我也不再麻煩你了，隨便吧。來，你多吃點菜。」他隨即歎息著對我說道，不住搖頭。

我實在吃不下東西了，再次站了起來，「斯老闆，我還是先回去吧。這件事情我不想再參與了，我覺得很不舒服。」

他依然歎息，「也罷，不過馮老弟，我很希望能夠和你長期交朋友。但願你能夠認我這個大哥。」

我搖頭，「你們生意人太可怕了。我今後對你們都要避而遠之。抱歉，我先走了，謝謝你的午餐。」

我完全沒想到事情竟會是這樣一種情況，頓時發現自己很可悲。不是嗎？也許在宋梅或者斯為民的眼中，我就是一個傻子般地可笑，他們把我玩弄於股掌之間而我卻渾然不知，我真是太可悲了。

沒有回家，我直接去了科室。現在距離上班的時間已經很近了。我已經變得焦躁不安，不是因為自己被宋梅欺騙的事，而是想到自己接下來將如何去面對常育。

現在看來，在對待這件事情上，我當初確實太過輕率了些。但是目前已經造成了這樣的結果，又能怎麼辦？唯一的辦法是去對常育說清楚這件事情，讓她今後也不要再管宋梅的事情了。要是萬一她因為這件事情而影響到了她的仕途的話，我將難辭其咎。

可是……常育會因此而如何看待於我？而且，陳圓正住在莊晴那裏，要是莊晴與我反目成仇之後，對陳圓造成了傷害的話，怎麼辦？

想到這裏，我心裏猛然地湧起一陣恐懼來。現在，我已經完全地將自己與莊晴的事情聯繫起來了。

我們的第一次或許正如同她最開始告訴我的那樣：宋梅有了其他的女人，於是她就採用那樣的方式對宋梅進行報復。也許後來宋梅發現了我與莊晴的事情，正好那時候我與常育結識，於是宋梅就動員莊晴再次來與我接觸。對，一定是這樣！

對於莊晴，她這樣做的唯一原因只有一個，那就是為了錢。

應該是這樣，不然的話一切都無法解釋，包括後來莊晴讓我幫助宋梅的事情，這樣就順理成章了。

由此就可以解釋後來莊晴為什麼要把陳圓接到她那裏去住的事情了。很明顯，她是為了控制陳圓，同時也是為了專案做成之後便於脫身。

我想不到宋梅和莊晴為了那個專案、為了金錢而如此地不惜一切。

想明白了這一切之後，我頓時鬱悶難當，心中彷彿被什麼東西給堵塞住了似的，很是難受。

在病房的過道上，正好碰見了莊晴。她在朝我笑，「這麼早？」

我沒有理她，因為我忽然發現她的面目極其可憎。

「喂！馮笑，你幹嘛不理我？」她在我身後氣急敗壞。我依然沒有理會她，因為這是在病房，我不想讓別人知道自己曾經幹了這樣的傻事。

科室其他的醫生都還沒有來，我獨自坐在辦公室裏，心情極其悲憤。

莊晴進來了，「喂！你幹嘛不理我？」

我抬起頭去看著她，冷冷地對她道：「我幹嘛要理你？難道你還想繼續夥同宋梅來欺騙我？我馮笑在你和宋梅的眼裏不過是一個大傻瓜罷了，莊晴，我很佩服你，想不到你們為了錢，連這樣的事情都做得出來！哼！」

她瞪大著眼睛看著我，驚呆了的樣子。

我依然冷笑，「別裝了，我什麼都知道了。」

她轉身離去。

我完全相信了斯為民今天告訴我的那一切。現在，不知道是怎麼的，我反而覺得輕鬆了起來。

猛然地，我想到了一件極其重要的事情來，急忙拿去電話開始撥打，「陳圓，你馬上搬出那個地方。先去酒店開一個房間，把酒店和房間號用簡訊發給我之後馬上關掉電話。你一定要記住，從現在開始，除了我之外你不要相信任何人。聽明白了嗎？」

「出了什麼事情？」她在問，很緊張的語氣。

「你別問，等我來了以後再說。」我說完後就即刻壓斷了電話。

接下來我去給蘇華打了個招呼：「學姐，我有點急事出去一趟，如果有什麼緊急的事情的話，麻煩你給我打電話，我馬上趕回來。」

「沒事，有我在呢。有什麼事情我幫你處理就是了。你幫我值了夜班，這點小事情交給我好了。去吧、去吧！」她笑著朝我揮手。

出了醫院的大門，我再次給陳圓打電話。「我還在收拾東西。」她說。

我焦急萬分，「還收拾什麼東西啊？拿上值錢的東西馬上下樓去搭車，快，越快越好！」

「究竟發生了什麼事啊？」她問。

「我擔心有人會傷害你。」我說。她驚惶地「啊」了一聲，「我馬上下樓。」

我頓時放下心來，隨即告訴了她一家酒店的位置。我發現女人都很磨蹭，只好臨時決定我和她分別去往那個地方了。

剛剛在酒店的門前下車，就看到了陳圓。我看著她哭笑不得：她竟然拖著一個大大的皮箱。

「哥，究竟怎麼啦？」她朝我跑了過來。

「走，我們去開了房再說。對了，有人給你打過電話嗎？」我問道。

「沒有。」她回答。

「把你手機給我。」我朝她伸出手去。

她這次沒有問我了，隨即將她的手機朝我遞了過來。我即刻取出了她手機裏的電話卡，然後扔掉。

「哥，你幹什麼啊？」她驚訝地問。

「走，我們去開房，一會兒我去給你買一張新卡。」我說，過去從她手上接過那只大大的皮箱。

「莊晴姐會傷害我？不會吧？」她瞪著她那雙大大的眼睛驚訝地問我道。

我點頭，「她欺騙了我，還有你。這件事情很複雜，不過你從現在開始一定要記住，千萬不要去找她，如果在偶然中碰到了她，你也不要單獨和她在一起。明白嗎？」

「她，她不是你們科室的護士嗎？」她問。

「我是男人，我不怕的。」我說，朝她擠出了一絲笑容。

「她萬一到我上班的地方來找我怎麼辦？」她又問。

「從今以後你不要去那裏上班了。一會兒我給你點錢，等過段時間我再去給你找一份新的工作。那個胡經理也不是什麼好人。」我說，隨即去看這個房間的情況，點了點頭，「你現在暫時就住在這裏，明後天我去給你租一套房子。」

「哥……我怕。」她的聲音有些顫抖了，眼神裏也露出了恐懼。

我急忙地去安慰她，「沒事，沒人知道你住在這地方，我會經常來陪你的。」

「嗯。」她低聲地說，隨即卻猛然地低呼了一聲。

「怎麼啦？」我問。

「我有件東西忘記拿了。」她說，神情慌張，「不行，我得馬上回去一趟。」

「什麼東西啊？不行的話我去給你買一個就是。」我說。

「一塊玉，被我放在了枕頭下面了。剛才出來得太急了，一時間沒有想起來。」她說。

「玉？很值錢是嗎？」我問道。

她搖頭，「以前孤兒院的媽媽說，那塊玉是當時在我身上唯一的東西了，估計是我的父母留下的。那是我尋找我親生父母唯一的信物。每天晚上我都要把它拿出來看很久。」

我心裏頓時感到一陣刺痛，猛然想起了一件事來，「你到我們這裏來工作，是不是有了你父母的線索？」

她點頭，「那塊玉上面寫著兩個字，就是這個城市的地名。」

「你就在這裏等著，我去給你拿。」我說道，隨即快速地出門而去。

玉？上面還寫有這個城市的地名？一路上我都在想這個事情。我覺得這件事情也很奇怪，因為一般來講，更多的人可能在那樣的東西上面刻下自己的名字什麼的，留下地名的可是很少見的情況。

很快就到了莊晴的住處，打開門，進入到客廳。可是，我卻頓時怔住了——

「馮大哥，你終於來了。」

沙發上坐著宋梅，他正笑著對我說道。

而他的手上拿著的，竟然是一塊白色的玉！

我去到了沙發處，然後坐下。現在，我反而踏實了。該來的總是會來的，該面對的也必須去面對。

「你知道我要來？」我問他。因為發現茶几上已經泡好了兩杯茶，他正在喝著其中的一杯。

他笑道：「本來我不敢肯定你會來的，但是我發現了這個東西。」他將他手上的那塊玉朝我揚了揚。

我看著他不說話，我在等待他繼續往下說。

「莊晴給我打了電話。」他說，隨即歎息，「馮大哥，是不是斯為民已經找你談過了？」

我點頭，「你想不到他會把事情的真相全部告訴我是吧？你總以為別人都和你一樣總是遮遮掩掩、喜歡耍手段是吧？我告訴你吧，斯為民把事情的真相全部告訴我了，也把你們的關係，還有你和莊晴的關係統統都告訴了我。你沒有想到吧？」

「是嗎？」他淡淡地笑，「馮大哥，那你告訴我，他都對你說了些什麼？」

「你和他本來就認識，而且關係還不錯。你和莊晴本來就是夫妻。這都是事實吧？」我說，雙眼直視著他，我心想：看你還有什麼說的。

他在點頭，「對，沒錯。他還說了什麼？」

「這還不夠嗎？宋梅，難道金錢對你們就那麼重要嗎？它值得讓你可以從自己朋友的手上去搶奪專案，甚至不惜犧牲自己的妻子？」我內心的憤怒「騰」地一下就升騰了起來。

「等等，你說什麼？我搶奪了別人的專案？什麼意思？斯為民怎麼對你講的？」他即刻地止住了我的憤怒。

「不是嗎？陵園的專案本來就是斯為民在無意中告訴你的，但是你卻捷足先登，然後採用那些無恥的辦法讓我替你去找常廳長。宋梅，你也真夠無恥的了。」我忿忿地道。

他猛然地大笑，「我的馮大哥啊，你怎麼會去相信那個王八蛋的話呢？你想過沒有，以他的精明，他會讓我捷足先登嗎？明明是他知道了我正在運作這個專案但是卻又苦於無法去認識民政廳的朱廳長，只好費盡心血通過你的關係好不容易才結識了常廳長，於是他才覺得有機可乘。對，馮大哥，我確實欺騙了你，但是我也是沒辦法啊。想到那個專案會產生的巨額利潤，想到自己會因此少奮鬥幾十年，所以我也就什麼都不管不顧了。何況莊晴也是真的喜歡你，我不也是為了成人之美嗎？

「馮大哥，我承認自己有些無恥，馬克思還說過呢，如果有百分之百的利潤，資本家會鋌而走險；如果有百分之兩百的利潤，資本家就會藐視法律；如果有百分之三百的利潤，那麼資本家便會踐踏世間的一切。馮大哥，這就是我們商人的本性，所以你不應該覺得奇怪。對，莊晴是我老婆，但這件事情也是她自願的啊？她早就和我商量好了，如果專案成功之後我會分給她一大筆錢，然後我們離婚。馮大哥，這件事情對你、對我、對莊晴都是好事，何樂而不為呢？」

我看著他，不住地搖頭，「宋梅，我不是商人，像你們這樣的事，我還做不出來。」

「馮大哥，你上了斯為民的當了。」他看了我一眼，歎息道，「你發現沒有？他現在的目的就是為了把水攪渾，然後從中漁利，所以他告訴你的事情裏有真有假，想以此讓我們產生內訌。很明顯，他的目的達到了。馮大哥，正因為這樣我才及時地來找到了你。我知道如果我給你打電話的話你會不理我的，因為你正在氣頭上。幸好有這個，」他說著，將那塊玉朝我遞了過來，「這是我在陳圓的枕頭下找到的。我一看這東西就知道它對陳圓的重要性。我聽說過她是孤兒，所以我估計這塊玉應該是她親人留給她的信物，所以我就知道你肯定會馬上來到這裏。你不會讓陳圓自己來，因為你擔心她碰到我或者碰到莊晴。」

我不語，拿著手上的這塊玉仔細地看，發現它潔白如玉，觸手溫潤，沁人心脾。在這塊玉的右下角有著兩個字：「江洲」。

宋梅看著我，繼續地道：「莊晴給我打了電話後，我第一件想到的事情就是估計你會馬上通知陳圓從這裏搬出去，因為你太關心她了，擔心她會因此受到傷害。但是你錯了馮大哥，你想，我怎麼會去傷害陳圓呢？我明明知道你對她的感情，這樣的事情我是絕對不可能做出來的。雖然我這個人喜歡錢，但絕不會做出違法的事情。一個人要是沒有了自由，錢也就會變成一張白紙了。你說是嗎？」

我不住地冷笑，「你不是才說了嗎？如果有百分之兩百的利潤，你就會藐視法律。如果有百分之三百的利潤，你便會去踐踏世間的一切。何況這個專案的利潤遠不止如此。」

他的臉上頓時尷尬起來，「那只是一個比方而已。對於金錢與自由，我當然首選後者啦。如果觸犯了法律，即使我有金山銀山又有什麼用處呢？這個道理我還是明白的。」

「宋梅，你別說了。我不想再介入這個專案了。對了，我把這個還給你。」我說著，隨即從錢包裏拿出那張銀行卡來朝他遞了過去。

他沒有接，「馮大哥，我是不會收回來的。而且，我今天又給你這張卡上打了兩百萬進去。以前是因為我手上太緊了，不過最近我融到了一大筆資金，手上寬裕了許多。對不起，馮大哥，希望你能夠理解。」

我站了起來，隨即將那張卡放在了茶几上面，「宋梅，你看錯人了。你以為人人都和你一樣那麼看重錢這東西嗎？說實話，我覺得和你們這樣的人在一起太累了，我還是早些離開的好。」

說完後我就朝大門處走去。

「馮大哥，你知道我為什麼幾次建議你早些要小孩嗎？」剛走到門口處，我忽然聽到他這樣問我道。我頓時怔住了：他這話是什麼意思？

「那是我的私事，與你沒有任何的關係。」我還是站住了，冷冷地對他道。

「是，那確實是你的私事。不過，這可不是一般的私事，因為這件事情與你妻子的性命攸關。」他說。

我頓時覺得這個人今天好像瘋了似的，說起話來東一下、西一下的毫無邏輯可言。「宋梅，你不覺得你自己很可笑嗎？竟然瘋癲得滿口胡言亂語。卡，我已經留下了，從此我們就不要再見了。」說完後就朝門外跨去。

「趙夢蕾謀殺了她的前夫。如果她不馬上懷孕的話，今後就不能免除死刑。」我的身後再次傳來了他的聲音。

我的身體猛然地僵立。

他朝我走了過來，拽住了我的胳膊，「馮大哥，來，你請坐。我們慢慢說。」

我還沒有從他剛才話中的震撼中清醒過來，木然地跟著他再次坐到了沙發上。

「馮大哥，我第一次提醒你讓趙姐早點要孩子，其實是想到你們的年齡也不小了，而且你和她的第二次婚姻，我想，如果你們有了孩子後，家庭就會穩固了，也許也可以因此讓你早些離開莊晴。雖然我和莊晴早已經沒有了感情，但我還是從內心希望她今後能夠幸福。畢竟她與你在一起是沒有結果的啊。第二次我提醒你就完全不一樣了。」他對我說道。

「什麼不一樣？」我已經從震撼中稍微清醒了些過來，情不自禁地問道。

「馮大哥，你還記得錢戰嗎？是他讓你來找我去與他們聯繫的。這件事情你還記得吧？」他問道。

我霍然驚醒，「你，你的意思是，他讓你去調查了趙夢蕾前夫死亡的事情？」

他點頭，「是，不過那個案件只是他讓我調查的其中一個。不過你放心，其他的案件我都已經給了他們答案，但是你妻子的事，我暫時還沒有把我的結論告訴他們。」

「你的結論？什麼結論？」我問道，心裏惶恐不安。

「剛才我不是告訴你了嗎？你妻子的前夫不是自殺，是謀殺，而兇手就是你的妻子趙夢蕾。」他說。

我心裏震撼莫名，同時完全不敢相信他這個可怕的結論，「宋梅，你胡說八道！你可要知道，她丈夫自殺的時候趙夢蕾可是和我在一起的！員警早就調查過了，而且也早就有了明確的結論。宋梅，如果你是因為這個專案的事情無中生有地去誣陷她的話，我和你沒完！」我大聲地嚷嚷了起來。

「馮大哥，你冷靜一下，聽我慢慢說。」他的聲音卻依然很平靜。

我激動不已，呼吸急促而起伏不定，去端起茶杯喝下了大大一口後才覺得好了一些。他看了我一眼，語氣平和地繼續說道：「馮大哥，你說得對。她丈夫死亡的時候她確實不在場，也確實是和你在一起。但是你想過沒有？一個人要製造不在場的證據雖然很困難，但是也不是不可能啊。前不久錢隊長交給了我一個案子就是這樣的。一個男人謀殺了他的妻子，而很多人都證明他當時根本就沒有在案發現場，他在距離那個現場幾百公里的外地。你知道他採用的是什麼辦法嗎？」

我沒有回答他的話，靜靜地在聽。現在，我的內心只有恐懼，腦子裏早已經是一片空白。

「這個男人的家對面有一對新婚夫婦，他們每天晚上喜歡不拉窗簾就開始做那件事情。這個男人發現他妻子每天會很注意對面的情況，於是在當天上午離開家之前去買了一個望遠鏡、他把望遠鏡的鏡頭搞得很模糊，同時在鏡頭裏面的邊緣處安裝了一枚細細的帶有劇毒的針。那天晚上，他妻子忽然發現了那個望遠鏡，於是就拿起它去看對面。因為她發現望遠鏡的鏡頭是模糊的，所以就急忙去拿了一張紙巾去擦拭。於是，她的手指就碰到了那枚毒針。而這時候她的丈夫，也就是那個兇手，他早已經在幾百公里之外了。所以，要製造不在場的證據並不是不可能，只不過這其中有的人做得高明，而有的人會留下很多破綻罷了。」他緩緩地給我講述著另外一個案件。

「你憑什麼說趙夢蕾是兇手？你的證據呢？雖然我與她在一起生活的時間不長，但是她的為人我完全清楚。她善良，大度，而且對我一直都很溫柔。我不相信她是什麼殺人兇手。」我說道，心裏已經開始慌亂起來，因為我忽然想到趙夢蕾前夫對她的那種折磨。

「是啊，你妻子其實是一個好人。馮大哥，你知道陳圓的那筆住院費是誰替她交的嗎？」

我驚訝地看著他，「你的意思是……那筆錢……是我老婆替陳圓交的？」

他點頭，「是啊。上次我在調查陳圓那個案件的時候，首先就調查了這件事情。但是我沒有想到調查的結果卻是這樣。我從側面瞭解到，其實你也不知道那筆錢是你妻子捐的是吧？

「馮大哥，你不知道，那段時間我對你們兩個人真的是崇敬至極啊。你悉心替陳圓診治，而你的妻子卻悄悄地去捐款。雖然我發現了你與莊晴的那種關係後最開始很惱怒。呵呵！馮大哥，這一點你應該理解我的是吧？莊晴畢竟是我的老婆，我們畢竟還沒有離婚，我是男人，她和你那樣，我的臉面實在過不去啊是不是？但是我並沒有即刻來找你翻臉，因為我想趁此機會搞定那個專案。

「是，在這件事情上我確實有些無恥，不過我覺得自己與莊晴分手反正是遲早的事情，所以就想到了後面的那些辦法。我想，以你的為人絕不只是想和莊晴玩玩就算了，你應該會因此對莊晴言聽計從……」

我即刻打斷了他的話，「宋梅，你別說這件事情了。在這件事情上我感到無地自容，而且還覺得很噁心。你說吧，對我妻子的事情，你準備怎麼辦？」

現在，我完全相信他的話了，特別是對陳圓那筆捐款的事情。

我記得有一天晚上，我回家後告訴了趙夢蕾關於陳圓醫療費用的事情，結果第二天就有人給陳圓的醫療帳戶上打了款。現在看來，這件事情肯定是趙夢蕾做的無疑了。那天晚上我在給陳圓做心理治療的時候她也在場，雖然她有些吃醋，但她卻早已經被感動了。

可是現在，宋梅卻告訴我說，她，我的妻子，說她竟然是一個殺人犯！我的心裏實在難以接受。然而，在我內心的深處卻開始極度不安起來，因為我忽然感覺到：那種情況也不是不可能。我開始回憶那天的事情——

那天上午，趙夢蕾跑到了我寢室來，先給我洗衣服，然後我們一起吃飯，下午我們倆一起上街，和我一起吃完晚飯後她才回的家。後來員警告訴我說，她的丈夫就是在那天上午自殺的，而那個時間正好是趙夢蕾在給我洗衣服的時候。

她不在場，難道她真的採用了一種特別的方法製造了一種假像？

對了，後來她特地主動地給我打了個電話，就在我從刑警隊回來的時候，她後來告訴我說，她的那個電話是為了讓員警相信我當時也不在場，因為她明明知道員警監控了她的電話。

由此看來，她應該是一個非常聰明的人。可是，她為什麼對我與莊晴，還有陳圓的事情從來都沒有懷疑過呢？要知道，自從我們倆結婚後，我可是經常很晚才回家的啊？難道是她對我的故意放縱？難道她也想在不知不覺中對我下手？

猛然地，我對自己這種忽然浮現出來的想法嚇了一跳。馮笑，你怎麼能懷疑自己的妻子呢？她可能是殺人犯嗎？這個宋梅只不過是想借此事情強迫於你罷了。

現在，我已經問了他了，我在等待他的回答。可是，我卻發現自己問的問題不對——我居然這樣問他：對我妻子的事情，你準備怎麼辦？

我的這個問題本身就表示了我相信了他的鬼話！

也罷，看他怎麼回答吧。

第九章

失去才懂得珍惜

我感覺自己的世界彷彿就要坍塌了似的：
有些東西一旦要失去的時候，才真正地感覺到它的珍貴。
這句話曾經多次聽到過，卻從沒有過此刻的這種深刻的體會。
現在，這種深刻的體會，讓我身體的每一根神經都開始疼痛，
無盡的痛苦佈滿著我肌體的每一個細胞，還有我的靈魂。

他拿出一根煙點上，隨即又抽出一支來給我，「要嗎？」我搖頭，「我不抽煙。你知道的。」他點上了香煙，青煙嫋嫋升起，他瞇縫著眼睛，似乎在沉思。

「給我一支吧。」我害怕這種沉悶的氣氛，因為這種沉悶讓我心裏很難受，而且惴惴不安。

他遞給了我一支，然後替我點上。我深吸了一口，苦苦的，而且嗆人。我開始咳嗽，猛烈地咳嗽。

「香煙也是毒品，初次接觸的時候都不習慣，可是一旦有了癮之後，想戒掉就非常困難了。這就如同人們對金錢的欲望一樣，如果一個人一直安於平淡的生活何嘗又不可以？但是，當他真正感受到金錢的魔力之後，就再也撒不開手啦。金錢可以買到豪車、別墅，可以讓自己喜歡的女人來到自己的懷抱，甚至還可以實現自己很多的夢想。比如你喜歡某位女明星，只要有錢，你一樣可以讓她上你的床。這就是金錢的魅力。」他在說，眼睛依然瞇縫著，神情像一個正在幻想的孩子。

終於結束了咳嗽，我冷哼了一聲，「掙錢也得一步步來，天上掉餡餅的事情只有在夢中才會遇到。」

「掙錢需要的是智慧，還有機遇。我相信自己的智慧，機遇需要你幫我把握。我們一定會成功。馮大哥，你放心，只要你肯幫我的話，我不會把你妻子的事情告訴員警的。」他將香煙摁在了煙缸裏，隨後笑著對我說道。

「宋梅，你以為我會相信你的話嗎？我堅信趙夢蕾不會謀殺她的丈夫。員警已經有了明確的結論，她丈夫是自殺。你還是把你的那些鬼話收起來吧。」我冷冷地說道。現在我發現他一直在那裏故作深沉，根本就是在嚇詐我。

他頓時大笑起來，「馮大哥，說實話，我本不想把你妻子謀殺她前夫的過程告訴你的，因為我覺得你知道了並不好，那樣會讓你心裏不安。可是，你卻非得逼我說出來。馮大哥，有些事情你還是不知道的好。何苦呢？我宋梅的能力你應該知道，如果沒有十足的證據，我會來告訴你這件事情嗎？大家都是聰明人，騙人的事情畢竟不長久。以前我不是騙過你？不也一樣地被別人揭穿了？你說是不是這樣？

「所以，馮大哥，你現在最需要做的是讓你妻子趕快懷孕。因為我始終相信『法網恢恢、疏而不漏』這句話。即使我不把這件事情講出去，但是我相信那個案件最終有被揭開真相的那一天的。其實錢隊長早就在懷疑這件事了，只不過他一直沒有留意到其中最關鍵的線索罷了。不然的話，他為什麼要我去查那個案子？」

我猛然想起我和趙夢蕾剛結婚時候的一件事來。有一天錢戰來找到我，他那天的目的好像就是想從我這裏瞭解到什麼東西。

我心裏再次緊張起來。

「你愛說不說。」我隨即站了起來，「我回去了。」

他也站了起來，「馮大哥，你知道你妻子是幹什麼工作的吧？」

我心裏煩悶得慌，「我當然知道。怎麼啦？」

「她是我們省動物園的副園長是吧？」他繼續地問。

「你究竟想說什麼？」我很不耐煩。

「有些事情人做不到，但是動物可以做到，經過訓練過的動物。呵呵！馮大哥，我只能點到為止。你還是聽我的意見吧，回去好好勸勸嫂子，讓她儘快想辦法懷上孩子。」他淡淡地笑。

我心裏如遭重錘，腦海裏一片空白，「你……我……我回去了。」

離開的時候，我看見他在朝我微微地笑。

「拿去，下次不要掉了，乾脆掛在身上吧。」我將那塊玉遞給陳圓。

「我擔心掛在身上會被摔壞。」她說。

「陳圓，最近幾天我可能比較忙，你自己去找住處吧。這張卡裏有幾萬塊錢，你先拿去用。電話卡你也自己去買吧，有了新號碼後給我發個簡訊。」我不想和她再說她那塊玉的事情，因為我心裏裝著趙夢蕾的事。

宋梅的那句話讓我震驚非常，同時將我最後的一絲堅信摧毀得乾乾淨淨。現在，我心裏慌亂得厲害。

雖然我直到現在都沒明白宋梅所說的動物如何可以做到那樣的事情，但是我已經意識到那確實是一種可能的途徑。趙夢蕾在動物園工作，她應該有那樣的條件。而且，我可以肯定，如果那件事情真的是趙夢蕾幹的的話，那麼宋梅現在所掌握的證據應該已經非常的充分了。他的本事我領教過。

可是，趙夢蕾真的是兇手嗎？萬一真的是宋梅嚇詐我的呢？

然而，我不敢去賭，不敢與宋梅賭。因為趙夢蕾是我的妻子，這種賭博的結果很可能是一場難以想像的災難。

「莊晴姐……她怎麼了？」陳圓問我道。

「沒事，可能是一場誤會。不過我不希望你再回到那裏去住了。陳圓，以前我們那樣確實太過分了，太頹廢了，太有違這個社會的倫理道德了。現在我很後悔。哎！」我說。直到現在為止，我依然不想告訴她事情的真相，不過我的內心卻是真正的開始在懺悔。

讓我想不到的是，剛才我的那句話卻讓陳圓的臉色大變，「馮大哥，你不要我了？」

「陳圓，我有妻子。以前的事情是我不對，我不應該那樣的。你也知道，我本來並不想和你發生那樣的關係，可是莊晴……哎！不說了。陳圓，以前的事情是一場錯誤，你明白嗎？是一場錯誤。我們不能讓這場錯誤繼續下去了。你是這麼的漂亮，而且還彈有一手好琴，你應該有你自己的前途和未來的家庭。你和我這樣下去是沒有什麼好結果的。對不起，都是我不好。」我說，忽然想起自己以前所做的那一切來，同時又想起了自己的妻子，特別是想到她目前的處境，我心裏頓時湧起一股悲愴的情緒。

這一刻，我很想痛哭，但是我忍住了，我拚命地忍住了。

「哥，你不能不要我！」可是，她卻猛然大哭了起來，她朝我跑了過來，緊緊地將我擁住，她的臉在我的臉頰上摩挲，眼淚頓時沾滿了我臉的一側，「哥，你不要這樣，不要這樣好不好？嗚嗚！」

她的哭聲讓我的內心更加酸楚，那種悲愴的情緒再也克制不住地傾瀉而出，我的眼淚也開始滾滾而落。「陳圓，對不起，我不是說不要你。但是我最近確實碰到了一件很麻煩的事情。而且我覺得自己很對不起我的妻子。陳圓，你給我點時間，同時也給你自己一點時間，我們都好好想想這件事情。好嗎？」我對她說著，同時不住地哽咽。

她放開了我，我看見她臉上全是淚水，心裏頓時一陣刺痛，「陳圓……」

「哥，我好害怕……」她對我說，隨即發出的是嚎啕大哭。

我心裏煩亂非常，同時感覺到來自心臟的那種刺痛更加厲害了，再也忍不住地大聲地痛快哭了起來。我的這一場痛哭哭得驚天動地、嘶聲力竭，裏面有悔恨，有無措，還有無數難以明白的東西，我的哭聲就像一件決堤的江水一般的傾瀉而出，再也難以制止。她也在痛哭，我們緊緊地抱在一起，她的淚水順著我的臉頰在往下流淌，我的眼淚早已經濕透了她一側的秀髮。直到我猛然地聽見了急促的敲門聲……

急忙地與她分開，她的臉上一片驚慌。我猛然地覺得自己剛才有些可笑，急忙揩拭乾淨自己的淚水，「誰啊？」

「你好，我是賓館的服務員。先生，請問你需要幫助嗎？」外面傳來了一個親切的聲音。

「沒事，謝謝你。」我急忙回答。

「先生，我可以進來一下嗎？」那個聲音依然在問。

我只好去開門。門口處出現了一個正在朝我微笑的漂亮女服務員。「先生，你們沒事吧？」她微笑著問道。

我頓時知道是我們剛才的哭聲引起了她的注意。「沒事，我們遇到了高興的事情，喜極而泣。明白嗎？」

「對不起，打攪了。」服務員依然微笑，很客氣地道歉後關上了房門。我轉身去看陳圓，發現她也正在看著我，她「噗哧」一聲笑了出來。

從賓館出去後，才發現天色早已經暗淡下來了。看了看時間，竟然已經是晚上七點過，急忙搭車回家。剛剛上計程車就聽到電話在響，螢幕上閃爍的是莊晴的名字。我即刻地掛斷，電話又開始在響，我再次掛斷。

可是，她卻繼續撥打，我歎息了一聲後，開始接聽，「馮笑，我是真心喜歡你的。」

心中的憤怒猛烈地湧出，「你喜歡的是錢吧？」我朝著電話大吼了一聲，然後狠狠地掛斷。很想大哭一場，忽然覺得不值，「狗日的！」忍不住地大罵了一句。這是我多年來第一次這樣罵人。

她再也沒有撥打過來，我竟然有些失望，因為我發現自己很想罵她，心裏有一種想要繼續罵她的意猶未盡，忍不住將電話撥打了過去，她即刻地接聽了，「馮笑，你聽我說，我……」

我歎息了一聲，然後將電話掛斷。馮笑，你真沒出息。我在心裏痛恨自己。

我第一次沒有敲門，而是用自己身上的鑰匙將門打開。我不知道自己這是為什麼。或許是害怕忽然看見趙夢蕾出現在我面前。現在，我得給自己一個緩衝的空間，因為在目前的情況下，在她面前表現出完全正常的狀態並不是一件容易的事情。也許電視電影或者書裏面寫起來容易做到，但是現實中要真正做到那樣卻是非常的困難。畢竟我是一個凡人。

讓我感到詫異的是，客廳裏竟然是一片黑暗。她不在家？我想道，隨即摸索著牆壁打開了燈。

客廳裏沒有人。我暗自奇怪：她去哪裏了？可是，我分明聞到了飯菜的香味。目光去到餐桌上面，發現那裏擺滿了一桌的菜，還在冒熱氣。

「夢蕾！」我大叫了一聲，沒有人應聲。拿出手機撥打，她的電話通了……可是，好像有鈴聲從臥室裏傳出來。急忙朝那裏跑去。打開門，裏面依然是一片黑暗，不過手機的鳴叫聲和它發出的光線，卻讓我隱隱地可以看見裏面的情況。她好像就躺在床上。

急忙打開燈，果然，她已經熟睡。「夢蕾……」我輕聲地叫了她一聲。她醒來了，「啊，你回來了？我覺得好睏。幾點鐘了？」

「你沒吃飯？」我問道，「你剛睡著吧？桌上的飯菜都還是熱的呢。怎麼不吃飯就睡覺啊？對了，今天怎麼做了那麼多菜？今天是什麼好日子？」

她從床上坐了起來，「不是什麼好日子，不過我對我自己說，今天再晚都要等你回來一起吃飯。」

我覺得有些奇怪，「為什麼？以前我不是也經常很晚才回來嗎？怎麼沒見你等過我？」

「走吧，我們去吃飯。對了，我還準備了酒。」她沒有回答我的問題，卻過來拉住我的手朝餐桌走去。

我很是奇怪，「夢蕾，今天究竟是什麼日子？我知道，不是你的生日，也不是我的。好像今天的日子很平常啊？」

「你不知道，最近幾天來我每天晚上都做了這麼多菜等你。但是你每天回家的時候都很晚，結果讓我每天都要倒掉很多的菜。所以今天我就告訴我自己，今天你再晚回來，我都會等你一起吃飯。」她柔聲地對我說，她的聲音溫暖極了，我不禁動容，心裏更加慚愧。

不過，我依然覺得奇怪，「為什麼啊？」

「不為什麼，就是想好好和你吃頓飯。」她朝我笑。

「好，我也還沒吃飯呢。來，我給你夾一條魚。」我說，心裏很不是滋味，感動與慚愧的情緒頓時湧上心頭。

她做的紅燒鯽魚味道一直都很不錯，這是她的招牌菜之一。我隨即給她夾了一條到了她的碗裏。

「你也吃啊。」她說，「來，我給你倒酒。這是我們家最後一瓶五糧液了。今後你想喝的話，自己去買吧。」

我頓時笑了起來，「你知道的，我喝酒沒有癮。所以家裏有沒有酒，我覺得無所謂。你要喝的話，我就去給你買吧。」

她笑了笑，「馮笑，今天我們是怎麼啦？怎麼搞得相敬如賓似的。嘻嘻！我很不習慣呢。」

我也笑了起來，「還不是你先這樣，我只好順著你來了。」

她看了我一眼，歎息了一聲，「馮笑，我很幸運，也很滿足，因為我能夠成為你的妻子。」

我猛然地一激靈，背上頓時冒出了一層雞皮疙瘩。不是因為害怕，也不是因為慚愧，而是我忽然覺得她今天有些怪異，而且說出來的話像書面語言一樣充滿著酸腐氣。「夢蕾，你最近看電視劇看多了吧？」我和她開玩笑地道。

她頓時也笑了起來，「來，我們喝酒。」

「好，我們喝酒，」我說，「不過，總得說為什麼喝酒吧？這樣，我來說，嗯，為了你一如既往的溫柔與漂亮。」

「不，為了你今後能夠好好照顧你自己。」她卻即刻打斷了我的話。

我霍然一驚，手上的酒杯差點掉了下去。「夢蕾，你這話是什麼意思？」

「喝酒。」她說，隨即將她手上大大的一杯酒一飲而盡，「你也喝啊？」

「好，我喝。」我說，急忙地喝下。熱血頓時上湧，胃裏也在開始翻騰。今天中午我沒有怎麼吃東西，而且到現在還沒有吃晚飯，胃裏早已經空了，這樣一杯白酒喝下去後，不難受才怪。

「來，我們再喝一杯。哎！一瓶酒每個人兩杯都倒不滿。」她一邊倒著酒一邊說道。

這下我真的感覺到她的不對勁了，「夢蕾，你今天究竟怎麼啦？」

「你喝不喝？」她卻在問我。

「你不說你今天是怎麼了，我就不喝。」我說。

「那我喝了。」她說了一句後，又是一飲而盡，隨即來看著我。

我苦笑，只好喝下。

「馮笑，你真好。」她再次歎息了一聲，聲音幽幽的，「你最大的優點就是很聽話，而且從來不對我動手，我很滿足了。」

我頓時笑了起來，「我怎麼會打你呢？你不打我就是好的了。」

「他以前就經常打我，還把野女人帶到家裏來當著我的面做愛。他和那些野女人一邊做愛的時候還羞辱我，『趙夢蕾，你看，人家多有情趣。你知道嗎？這個女人可是為了我打過好幾次胎了。人家的土地好啊，我的種子也不錯呢。你呢？為什麼你不能給我生出兒子來呢？來，快過來給這位美女按摩按摩。快啊！你這樣的女人，還不如一條狗那麼聽話！』」

我不禁駭然，因為我想不到她竟然在這個時候說出這樣的話來。「夢蕾，你，你究竟怎麼啦？」

「我說，既然我不能生育，那我們就離婚吧。他即刻就從那個女人的身上爬了起來，跳下床就狠狠搧我的耳光。『趙夢蕾，老子就是不和你離婚！反正我在外邊有兒子了，老子就是要這樣拖你一輩子。』」她卻繼續在說。

我發現她的眼神迷離，聲音飄盪，彷彿魂不附體一般的模樣。我頓時害怕起來，朝她大聲地叫道：「夢蕾，你，你別說了！」

她這才看了我一眼，眼神也恢復到了正常的狀態，她在朝著我笑，「馮笑，你和他不一樣。你對我很體貼，而且事事都聽我的。雖然你在外面也有女人，但是你從來不把她們帶回到家裏來。」

她的聲音像尖刺一般地刺進了我的心臟，這一刻，我如遭雷擊，全身猛然地一哆嗦，手上的筷子驟然掉落在了地上。

雖然我早已經預料到這一天遲早會來，但是卻從來沒想到來得這麼快，這麼忽然。而她在說出那些話時的神情竟然平靜如水，就好像是在說別人的事一樣。這才是我覺得更令人感到害怕的地方。因為我猛然間想到了宋梅談及到的她謀殺前夫的事情。

這頓飯，還有杯中的酒……

想到那種可能存在的後果，我不禁開始恐懼起來，全身也不自禁地開始顫抖。

她卻在看著我笑，「你別害怕，我不會對你怎麼樣的。我說了，我已經很滿足了。我是再婚的女人，而你卻不一樣，所以我沒有權利要求你只能擁有我一個女人，我沒有這個資格。馮笑，你是不是覺得我很奇怪？可是，這卻是我真實的想法。也許是因為以前被他糟踐得太厲害的緣故吧，我自己都覺得自己的心理變得有些扭曲了。幸好我還比較明智，比較寬容。馮笑，你不要害怕，害怕的應該是我自己。不過我知道，自己做下的事情總有那麼一天是要償還的。」

「夢，夢蕾，你究竟怎麼啦？你說的話我都聽不明白呢。」我依然在掙扎，而且現在又多了一份恐懼——難道她已經知道有人在調查她了？

猛然地，我想到了一種可能——宋梅可能是故意讓她知道了她已經被暴露的事情，因為他還需要通過趙夢蕾來說服我去幫助他拿到專案。這樣的話力度會更大，因為這涉及到趙夢蕾的身家性命。一定是這樣。

「馮笑，對不起，我一直沒有告訴你一件事。我，我前夫他……」果然，她說出了這樣一句話來。

我急忙地制止了她，「夢蕾，你別說了。我都知道了。這件事情沒有你想像的那麼糟糕。你可能不知道，調查你的那個人我認識，他現在正找我辦一件非常重要的事情。只要我給他辦好了，他就不會把你的事情告訴員警的。」

她瞪大著雙眼看著我。

我朝她點頭，「真的，你相信我好了。我現在可以肯定，他是故意讓你發現他在調查你的這件事情，想以此來要脅我替他拿到那個專案。因為今天下午我們才談到了你的事情。夢蕾，雖然我很震驚，但是我可以理解你。」

「你替他拿專案？你一個小醫生哪來這樣的能耐？」她詫異地問我。

我這才猛然意識到自己說出了不該說的話了，不過現在已經無法挽回，「我一個病人是我們省裏一個部門的領導。」

「也是你的女人？」她問，神色怪異。

「不是！」我慌忙地道，「只是病人。」說到這裏，頓時覺得這個理由根本就難以讓人相信，於是急忙又道：「她有不好的習慣，比如手淫什麼的。好幾次有些東西崁在了她的身體裏……我的意思你明白吧？」她點頭，於是我繼續道：「她出現了那樣的情況，都是我去給她處理的。她是領導幹部，這樣的事情不想讓別人知道。所以她很願意幫我的忙。夢蕾，我只能簡單地給你講這麼多了，因為我是婦產科醫生，本不應該對任何人說出病人這樣的隱私來的。」

她搖頭，「馮笑，你為什麼要對我這麼好啊？」

「因為我喜歡你。」我說，說出口後頓時覺得汗顏：有你這樣喜歡的嗎？她可是你的妻子，但是你卻在外面偷情！

「該來的始終是要來的。」她歎息，「我犯了罪就應該得到懲罰。馮笑，你知道我為什麼一直不願意去做試管嬰兒嗎？」

「你不是告訴過我其中的原因嗎？我不是也很理解你嗎？」我說。

「那只是我的託辭，其實我完全清楚自己的情況，通過藥物根本就不可能懷上孕。我一直在想，假如我真的有了孩子的話，今後怎麼辦啊？我謀殺了自己的前夫，即使法院不判我死刑，我也會在監獄裏面待一輩子的。那我們的孩子就會因此遭一輩子的罪。與其這樣，還不如不要孩子的好。馮笑，你說是嗎？」她黯然地看著我說道。

「不，我不會讓你去坐牢的。我們馬上就去做試管嬰兒。即使今後真的被人揭穿了這件事情，如果你懷有身孕的話，法律對你也會寬容一些的。」我心裏忽然地慌亂了起來，「夢蕾，我很對不起你，我不應該在外面那樣的。雖然我曾經給自己找了很多的理由說服我自己，但是現在我完全知道自己錯了。真的。夢蕾，你就原諒我吧，我向你發誓再也不那樣了。從現在開始，我們在一起好好生活，然後你給我生一個孩子，我們慢慢把他養大，一家人快快樂樂地生活下去。夢蕾，你說好嗎？你放心吧，我會把這件事情處理好的。」

她朝我淒然一笑，「馮笑，你怎麼就不明白呢？既然事情已經揭開了，總有被暴露的那一天的。你說是不是？我已經這樣了，再也不能讓你也捲入進來。你已經知道了一切，如果你不去報案的話就是犯罪。現在你卻想進一步地隱藏我犯罪的事實，那就是更大的犯罪了。馮笑，我覺得自己夠了，能夠和你一起生活這麼一段愉快的時光，已經讓我感到非常的知足了。算了吧，該來的遲早是會來的，我早已經看淡了這一切。那個叫陳圓的小姑娘很不錯，比你的那個小護士好多了。馮笑，你一定要聽我的，如果今後你要選擇自己的妻子的話，就選擇陳圓吧。」

「不！夢蕾，我錯了，我求求你不要再說這些事情了好不好？我現在只想和你在一起，和你好好過這一輩子。夢蕾，我求求你，求求你原諒我吧。你這樣說豈不是讓我更無地自容嗎？」我頓時駭然，眼淚開始「嘩嘩」地流出。

這一刻，我感覺自己的世界彷彿馬上就要坍塌了似的，頓時對自己過去幹的那些事情悔恨萬分。現在我才真正意識到：有些東西一旦要失去的時候，才真正地感覺到它的珍貴。這句話曾經多次聽到過、看到過，在此之前僅僅覺得它是一句熟悉並具有哲理性的話罷了，但是卻從來沒有過此時此刻的這種深刻的體會。現在，這種深刻的體會，讓我身體的每一根神經都開始疼痛，無盡的痛苦佈滿著我肌體的每一個細胞，還有我的靈魂。

「你不答應我的話，我就去自殺。」她的神情卻依然平靜，「雖然我也害怕死亡，但是與死亡相比還有更可怕的東西，那就是天天晚上做噩夢。馮笑，這種生不如死的感覺你不會知道。我每天晚上都會做噩夢，甚至有時候白天也會。只有在和你歡愛的時候才會暫時地忘記自己曾經做過的那件可怕的事。不過現在好了，我終於可以解脫了。馮笑，我不想讓你跟著我犯罪，也不想別人拿我的事情來威脅你。你是一個好人，你應該好好地生活下去。所以，你一定要聽我的。」

她說到這裏的時候，開始在流淚，在哽咽，「馮笑，你別哭，別這樣，嗚嗚！我其實很高興的。真的，最近一段時間我老是會去回憶我們讀中學時候的那些事情，我覺得那時候真好，無憂無慮的，總是對未來充滿著憧憬。可是誰知道呢？誰知道自己會一步步走到現在這個地步呢？」

「不，我真的可以替他辦到那件事情。夢蕾，我們是夫妻，我一直都很愛你，從中學的時候開始就很喜歡你了，現在也一樣。雖然我犯過一些不該犯的錯誤，但是我已經知道自己錯了。現在我們應該一起度過這場可怕的災難。

「夢蕾，請你一定要聽我的，我願意為了你去犯這個罪，還非常的希望能夠有我們的孩子。真的。夢蕾，我們明天就去做試管嬰兒好不好？這是我對你唯一的懇求了，求求你，答應我好嗎？或者，等我們有了孩子後，再說這件事情行不行？你想啊，如果我們有了孩子，你也會感到高興的是不是？是不是？即使你今後真的去坐牢了，還有我們的孩子在陪著我啊是不是？今後我會帶著我們的孩子經常到監獄來看你。只要你在監獄裏面表現得好，十年，或許更短的時間你就可以出來了，那時候我們的孩子也上小學了吧？多好啊？我們一家人就又可以在一起了。夢蕾，你說這樣行嗎？」

現在，我發現自己的腦子裏一片空白，根本就找不到合適的理由和詞語去表達自己內心的情感與懇求，唯有慌亂與惶恐地向她哀求。

這一刻，我才真正體會到了那種傳說中的生離死別的淒慘與可怕。

她朝著我悽楚地笑，「馮笑，你真的那麼在乎我嗎？我是殺人犯，而且當初我使用了詭計，完全是強迫你和我結婚的啊。」

「那個人曾經那麼慘無人道地對待你，雖然你的報復手段過分了些，但是我依然可以理解你。至於我們結婚的事情，我已經跟你說過多次了，那是我自願的。夢蕾，本來我以為自己這一輩子再也不能見到你了，可是誰知道上天竟然如此眷顧我，讓我能夠在我們分別八年之後在這個城市相遇，而且還成為了夫妻。夢蕾，人生如此，我已經很滿足了，不需要對上天再有什麼索求了。所以，我希望你能夠想想我的感受，給我一次機會，讓我有機會去彌補我自己的過失。可以嗎，夢蕾？」我動情地說。

她微微地點頭，我欣喜若狂。「夢蕾，我馬上就給那個人打電話。」我急忙地道。

「別，今天晚上我只想和你在一起好好說說話，然後還想好好要你一次。」她卻即刻地阻止了我。

我心裏大慰，「好，我們好好說說話。夢蕾，我吃飽了，也不想喝酒了。你先去看電視，我去洗碗。一會兒我就來陪你。」

「不，我去洗吧。你去休息、看電視。你不是一直都乖乖的嗎？聽話啊。」她說，漂亮的臉上綻放著笑容。

我不忍，也不敢違背她的意思，隨即過去將她擁抱，親吻了一下她的臉頰，感覺鹹鹹的，「夢蕾，你真好。」

「去吧，去吧。我洗完了馬上就來陪你說話，然後我們……」她笑著對我說，隨即輕輕推了我一下。我看見她的臉上一片緋紅。

坐在沙發上，打開電視。電視上的畫面是廣告，隨即換了幾個台，頓時發現自己根本就無心去看裏面的東西。現在的我有一種恍然如夢的感覺。

一會兒之後她就從廚房出來了，她站在我不遠的地方在朝著我笑。

我的心裏頓時激動起來，這種激動的心緒如同我們在一起的第一次那樣，有忐忑，有浮想，而更多的還是激動。快速地從沙發站了起來，然後朝她跑了過去，再一次地與她緊緊擁抱，「夢蕾……」一聲發自內心的呼喚，頓時在客廳裏面飄盪。

「好好愛我……」她的聲音也飄盪在了空氣裏，讓我第一次真切地感受到了我們的愛意與和諧。

情不自禁地去親吻她的唇，她溫柔地回應。開始的時候不是那麼的熱烈，但我依然可以感受到她唇的滾燙。

我和她緊緊地相擁，她的激情在經歷了短暫的溫柔之後，開始猛烈地噴發了出來，她的舌侵入到了我的唇內，讓我頓時感覺到了她饑渴般的熱烈。

她的舌在我的唇內靈動地探尋，我試圖想去極力地配合她，但是卻發現自己始終無法與她同步，她太狂亂，太不規則，而且力量大得讓我差點無法忍受。她現在的狀態就好像是想要把我整個人吞噬到她肚裏去似的。猛然地，我感覺到自己的後背傳來了一陣鑽心的痛，她的手不知道在什麼時候已經深入到了我的衣服裏、後背之上，她的指甲猛然地刺破了我背上的肌膚，而且還在繼續地深入。

「夢蕾，我，我好痛……」我擺脫了她的唇，喘息著朝她大叫了一聲。

她呆立了一瞬，隨即歉意地對我說道：「我弄痛了你吧？對不起，我，我太想要你了。」

我的心裏頓時升起一股柔情，「夢蕾，我們去床上吧，讓我好好愛你。」

「你抱我去。」她嬌嗔地在朝著我笑。

「好。」我說，隨即猛然地去將她橫抱起來。她就在我的懷裏，眼神頓時變得迷離起來，媚眼如絲般地在看著我。

我發現她今天彷彿變了一個人似的。

到了床上後，我們還是回復到了最開始的那個過程——親吻。但是她的吻再次變得熱烈起來，而且使用的是一種吞噬般的力量。我第一次發現她是這樣的狀態，最開始的時候我迎合著她，因為我的激情已經被她完全地撩撥了起來，所以我的狀態也變得有些癲狂，但是到後來我就覺得有些受不了了。她吸吮的力量太過巨大，以至於讓我感到了呼吸困難。我「嗚嗚」地叫著，猛然地將她推開，不住地喘息，「夢蕾，你太用力了。今天你這是怎麼啦？想把我吞下去？」

「對，我就是想把你吞下去。」她說，臉上燦然一笑，「來吧，我要你。」

很快地，我們兩個人都一絲不掛了。她猛然地將我擁抱，隨即把我推倒在了床上，「今天我要在你上面。」

……

她今天的狀態表現出了一種瘋狂的狀態，開始的時候我不大適應，甚至還有些害怕。但激情是可以被傳染的，很快地，我也噴發出了癲狂的狀態。我和她都在竭力地想完全地融入到對方的軀體之中，我們的每一個眼神，每一個動作都是那麼投入，也都是那麼的融洽，我們都完全地進入到了一種忘我的狀態之中。

她在盡情地呻吟，我在嘶聲地吼叫，我們都在等待，等待最後噴射的那一刻的到來。

隨著我最後的那一聲吼叫，我頓時感覺到自己的身體如同被一架大功率的吸塵器抽吸著似的，我的激情，我的靈魂都在朝外面快速地噴射，剎那間，我的身體彷彿被抽空了一樣，頹然地倒下，不住地喘息。

她也歪斜著倒在了我的身旁，一隻手軟綿綿地搭靠在我的胸上，「老公，我差點死了……」

我完全地脫力了，全身癱軟。

然而，讓我沒有想到的是，她卻並沒有因此結束。我剛剛恢復到呼吸平靜，她卻又開始來撩撥我。「夢蕾，讓我休息一會兒，我不行了。」我軟綿綿地道。

「不行，你和其他那些女人幹的時候怎麼那麼帶勁？今天我非得把你擠乾不可，免得你明天又去和那些女人幹壞事。」她說著，手已經到達了我的胯下。

她的話讓我很內疚，急忙地振作精神，配合著她的手開始浮想，但，還是不行。「夢蕾，我是男人，每次的間隔需要很長的時間。你讓我再休息一會兒。」我的語氣近乎於哀求。

「好，讓你休息一會兒。」她開始變得溫柔起來，用她溫熱的唇來緩緩親吻我的臉頰，還有耳垂。她的頭在我的臂彎裏，我的手翻轉過去輕柔地撫摸她的臉。我的手上傳來的是一種柔嫩的舒適感受。

「夢蕾，你不是說我們好好說會兒話嗎？說吧。」我說，不想讓這種柔情變成靜謐的尷尬。

「該說的剛才我們都說完了。」她低聲地道，「馮笑，難道你不害怕我把你也給殺了？」

我頓時一驚，「我……」

「其實死亡並不可怕。可怕的是死不了卻一直受罪。比如那些出車禍的人，死了倒也罷了，如果殘廢了但是人卻活著就悲慘了。你說是不是？」她說，用她的手輕柔地撫摸著我的胸部。

「夢蕾，我不想聽你說這樣的話。事情已經過去了，我們今後的生活還很漫長，所以我不希望你老是活在過去。」我心裏又開始不安起來。

「馮笑，你怎麼不問我是怎麼殺害他的？」她忽然地問我道。我猛然地震顫了起來，「夢蕾，別，你別說。我什麼都不想知道！」

「好，我不說。我也真是，多煞風景的事情啊。而且讓你知道了就更加坐實了你的包庇罪。哎！想不到我趙夢蕾竟然淪落成了一名殺人犯。這都是上天對我的懲罰啊。想當初我上大學的時候那麼多男孩子來追求我，而我卻偏偏選擇了他。還不是因為他家裏有錢，錢這東西啊，真是害人。馮笑，我一直沒問你，你的工資一個月有多少？」

「不多，一萬多塊吧，夠用了。」我回答說，心裏無法從她剛才的話中擺脫出來。她剛才的話讓我感覺到可怕。

「確實夠用了，社會上還有那麼多低收入群體呢。馮笑，我把他留下的財產都捐給希望工程了，他的很多錢都不乾淨的。」她說。

捐了？我很是驚訝。不過我不好問她什麼，因為我並不在意她的錢。她的錢說到底還是她前夫的錢。

「捐了好。今後你就可以安安心心的過日子了。用我們自己掙的錢，心情才會輕鬆。」我說。

「是啊，我也是這樣想的。」她說。

這時候我忽然想起了一件事來，「夢蕾，陳圓的那筆治療費是不是你捐的？」

「咦？起來了，你下面有反應了。我上來了啊？」她卻猛然地發出了一聲歡快的驚呼。

我已經明白了，她沒有否認，其實就是在默認那件事情是她所為。激情已經出現，我們再次纏繞在一起。對我來講，現在更多的是出於對她的愧疚，同時還有一種補償的心理，才使得我能夠堅持著去與她歡愛。

一晚上她要了我好多次。到後來我已經變得完全麻木。而她卻好像始終都沒有滿足，她採用了各種辦法讓我勃起，手，嘴巴，淫蕩的叫聲……她就這樣一次次地向我索取，而我卻越來越感到愧疚。

天亮了，我早已經癱軟如泥。

「今天你別去上班了。」她對我說。

我搖頭，「不行，我今天有手術。即使我不做，也必須給別的醫生交代清楚。其實我已經想好了：今天我的那台手術請蘇華去幫我做。我必須上班，即使在醫生休息室裏面睡覺也必須待在醫院裏面。因為我實在沒有請假的理由。因為是我管的床，病人的情況只有我最清楚。」

她沒有再勸我。

早上她給我煮的是醪糟雞蛋。她在裏面放了很多的白糖，很甜。

「中午我一定回來吃飯，晚上也是。」我離開家的時候對她說。

她看著我，「我會給你做好飯菜的。」

我朝她點頭，然後出門。「馮笑。」她忽然地叫了我一聲。我急忙地轉身。

「沒什麼。」她卻朝我笑了笑。我發現她的眼裏有淚花在閃動，「夢蕾，你別再去想那件事情了，我會處理好的，你放心好了。」

「嗯。」她點頭，聲音帶著哽咽，眼裏卻已經流淌了下來。

我朝她笑了笑，「我今天晚上，最遲明天就去找那位領導。」

「嗯。」她再次點頭，同時揩拭著眼淚，「你去上班吧，早點回來。中午我給你做你最喜歡吃的白斬雞。」

本來我心裏還有些擔心的，但是在聽到了她的這句話之後，我頓時放心了。

到了病房後，我直接去找到了蘇華。「學姐，又得麻煩你了。」

她看著我，「馮笑，你怎麼啦？怎麼眼睛像熊貓一樣？」

我苦笑，「沒有休息好。所以想請你幫我做上午的這台手術呢。」

「什麼手術？」她問。

「九床的病人，卵巢囊腫，良性的。」我回答。

「行，我先去看看病歷。」她答應得很爽快，「你去休息吧，我給護士長講一聲，有事情我讓她叫你。」

我搖頭，「我給你講一下病人的基本情況。」

她朝我擺手，「不用，不就一個良性囊腫嗎？沒事，小手術。」

我點頭，「謝謝了啊。改天請你吃飯。」

「學弟，昨天晚上和小趙……哈哈！你還年輕，別太勞累了。」她看著我大笑。我唯有苦笑。

「對了，那件事情你問了莊晴沒有？試管嬰兒的事情。」她隨即問我道。

我一怔，隨即搖頭，「我覺得還是先給秋主任說一聲再說，免得她到時候覺得我們越級反映問題。」

「這倒是。」她點頭道。

隨後我去到醫生值班室，剛進門就聽見身後傳來了莊晴的聲音：「馮笑……」

我很不耐煩，「我昨天晚上沒有休息好，我想睡覺了。話又說回來了，你覺得我們還有必要談什麼嗎？莊晴，我可以忘記以前的事情，因為我和你畢竟是一個科室的同事。但是，我們之間的那些事情請你千萬不要再提起了。不要老是以為你自己最聰明，別人都是傻瓜。」

她的眼睛頓時紅了，轉身離開。

我心裏憤憤，不過確實太疲倦了，眼睛剛閉上就沉睡了過去。

「馮醫生，馮醫生！」

不知過了多久，一陣驚惶的喊叫聲將我從睡夢中驚醒。

「怎麼啦？」我問。

「不好了，出事了。蘇醫生的手術出事了，病人家屬正在鬧呢！」外面傳來了護士長驚惶的聲音。

我大驚，急忙翻身起床。

第十章

自首

馮笑，我很感激你，
因為你，讓我下定決心逃出那個牢籠。
我殺了他，但是我從來不後悔。
只有讓他去死，否則他還會更加變本加厲地折磨我。
或許在他把我折磨死了之後，還會去折磨另外的女人。
所以，這樣的男人必須死。

人體是有潛能的。本來我的身體還軟綿綿的很是乏力，但是護士長驚惶的聲音卻讓我體內的腎上腺素驟然猛烈地分泌，頓時讓我的肌體充滿了精神與活力。我頓時從床上翻滾而起，快速地去打開了房門。眼前是護士長焦急的神色。我急忙地問道：「究竟出了什麼事情？」

「蘇醫生在開刀的時候，不小心把那個病人的膀胱劃破了。」她說道。

我頓時明白出了什麼事情：卵巢囊腫容易引起炎症，從而造成黏連，與腹膜、與子宮，或者與膀胱黏連。如果在手術的過程中不注意的話，就很容易劃破黏連的部分。很明顯，蘇華對這個手術看得太容易了，所以才造成了這樣的後果。但是，有一點我很不明白——

「護士長，病人的家屬怎麼會知道？劃破了馬上縫合回去不就可以了嗎？」我問道。我們在做手術的過程中難免會出現這樣或者那樣的偏差，在這樣的情況下，我們只需要悄悄處理好就可以了，不可能傻得去告訴病人真實的情況。要知道，手術過程中出現的任何偏差，都應該被算成是醫療事故的，而醫療事故就意味著賠償。所以，我對病人是如何知道這件事情的問題感到很詫異。難道那個病人是我們科室裏某位醫生或者護士的親屬？

在醫院裏出現的很多醫療事故中，除非是那些非常大的、已經無法挽回的事故之外，其餘的大多數都是被我們內部的人給捅出去的。病人並不懂得醫療服務中的那些細節性的東西，所以醫生很容易就把病人給忽悠過去。正因為如此，我才對這件事情感到詫異。

「那個病人雖然被麻醉了，但是她卻很清醒。蘇醫生在發現劃破了病人的膀胱後不自禁就說了出來，結果被那個病人聽見了。」護士長說。

我不禁苦笑：以蘇華大大咧咧的性格，出現這樣的情況完全可能。現在，我想到的倒不是手術出了問題的事，我想得更多的是覺得自己很對不起蘇華。

出了醫療事故不是什麼大問題，只需要請醫療仲裁機構出具意見，然後根據情況由醫院賠償就可以了。但是，醫療事故對當事的醫生的影響是非常大的，很可能因此而影響到主刀醫生的職稱評定，或者其他方面的發展。而問題的關鍵是：蘇華是幫我去做的那台手術。

蘇華在醫生辦公室裏，病人的家屬也在這裏。他們在這裏大吵大鬧。

「你們吵什麼？」我進去後就即刻批評那幾位病人家屬，「現在問題已經發生了，蘇醫生也已經處理好了，把出現的問題也已經彌補了。還吵什麼啊？吵有什麼用處嗎？如果真的是醫療事故的話，到時候該怎麼處理就怎麼處理。快回病房去，一會兒我過來和你們商量如何處理的事情。」

對於這樣的事情採用這樣的辦法處理最好。因為我畢竟是這個病人的主管醫生，而且目前還是置身事外。而且我的話很有道理，我相信病人的家屬會聽從我的建議的。在出了醫療事故後，病人家屬蠻不講理的情況雖然時常發生，但從總的情況看那還是少數，不講道理的人在這個社會上畢竟不是大多數。我是病人的主管醫生，他們無論如何都會給我面子。

果然，他們在猶豫了一會兒後出去了。我這才去看蘇華。

她神情黯然，見我看著她，頓時朝我怒吼：「馮笑，你這人怎麼這麼霉啊？」雖然我明明知道她對我的責怪毫無道理，但是卻無法申辯。有時候事情就是這樣，很多人往往不會去思考自己為什麼會出那樣的差錯，反而總是在第一時間去尋找別人的責任。蘇華也是這樣。她的邏輯很簡單：今天如果不是你馮笑讓我幫你去做這個手術的話，我會出這樣的事情嗎？

當然，對我來講，唯有對她表示歉意，因為那樣的邏輯也有其中的道理。「學姐，對不起。你別著急，我馬上去和病人家屬談談。」我只能如此安慰她。

我不想在她面前逗留，急忙地離開。現在，蘇華正處於煩悶之中，我在她面前只能引起她更大的鬱悶和不滿。

先去看了手術記錄，然後去到了病房。進入了病房後，我發現病人及病人家屬的臉色都是陰沉著的。其中一個家屬我認得，他是病人的丈夫，我進去的時候他對著我冷哼了一聲，隨後道：「馮醫生，這件事情怎麼說？你們總得給個說法吧？」

「你妻子的情況比較特殊，不僅僅是單純的卵巢囊腫，而且還有黏連，在這樣的情況下動手術極有可能造成膀胱的損傷，因為在手術的過程中必須將那些黏連剝離。剛才我已經看過手術記錄了，你妻子目前的情況很好，受損的膀胱及時得到了修補。

「在手術前我曾經告訴過你們，在一般情況下，卵巢囊腫癌變的情況比較多，不過你妻子很幸運，她完全是良性的。這是好事情啊。你發現了沒有？蘇醫生把你妻子的刀口開得很小的，她是一個很細心的人，而且很為她今後的美觀考慮。所以，我希望你們就不要過分追究這件事情了。好嗎？」我語氣和藹地對他們說。

當然，我知道這樣的話是不可能解決根本問題的，不過至少可以讓他們不再那麼的激動。只要大家的心態平和了，接下來的事情就會好處理得多。

「馮醫生，你這樣講就沒道理了。」病人的丈夫說，「你是一位好醫生，我們都知道。正因為如此我們剛才才聽了你的話，沒繼續在那裏鬧了。不過，你們那位女醫生已經造成了對我妻子的傷害了吧？這件事情無論如何她都得負責的。」

我點頭，「那倒是。那你們說說，你們希望怎麼樣處理？你們先提一個要求出來，我再給我們主任和醫院領導彙報。」

「你們那位蘇醫生太高傲了吧？出了這樣的事情，竟然連一個道歉都沒有。」另外一個人說道。

「她現在心裏很難受。你們可能不知道，她是我們科室技術比較好的醫生之一，而且她也比較好強。現在出了這樣的事情，她當然內疚了。你們不知道，剛才你們離開後，她還哭了呢。」我急忙地道，有意地把蘇華的情緒誇大了許多。

「我們的要求也不高。」病人的丈夫接著說道，「醫療費全免。」

我大喜，不過並沒有表現出自己的這種情緒來，「我可以給醫院的領導反映，我覺得應該問題不大。」

可是，他卻繼續說道：「還有，必須賠償我們二十萬。」

我大吃一驚，腦子裏「嗡」了一下，「這……」一瞬之後才頓時清醒了過來，「這不大可能吧？如果真的是那樣的話，這筆錢也只好由我來賠了。可是，我哪來那麼多的錢啊？」

這下他反倒詫異了，「這件事情和你有什麼關係？」

「你妻子是我病床上的病人，今天的手術本來應該是我做的。但是我今天身體狀況不佳，所以科室才臨時安排讓蘇醫生做了。現在發生了這樣的情況，我也有責任的不是？蘇華是我的學姐，她可是替我做手術才發生這樣的事情的。哎！她現在心裏正難受呢。這件事情對她的打擊太大了，今年她評職稱的事情肯定就要受到影響了。我也很內疚，怎麼早不生病晚不生病非得今天生病呢？哎！」我一邊說著一邊歎息。

如果說最開始我還有些忽悠他們的成分的話，但是後面自己的話可就是自己的真實情感了，因為我所說的後面的那些話都是事實。

他頓時不語。

我這才發現自己真的很蠢：馮笑，你是什麼人啊？人家憑什麼給你面子？你也太把自己當成一回事了吧？想到這裏，我不禁尷尬起來，「你們再考慮考慮吧，我也給我們主任和醫院領導反映一下。」

說完後我便匆匆離開。

在病房的過道裏，我才忽然意識到自己剛才為什麼要那樣去對病人的家屬說話了：我不想讓醫院領導知道這件事情，因為蘇華出了這樣的醫療事故，肯定會影響到她職稱評定的事情。我想私了，用很小代價的私了。現在看來我的那種想法太幼稚了——病人在這種情況下不敲詐醫院還等什麼時候？病人在醫院住院的時候都是弱勢群體，好不容易找到了醫院的過錯，他們不使勁敲詐一下才奇怪呢。

沒有處理好這件事情讓我對蘇華更內疚了。不過我知道，只要醫院出面解決這件事情，就不會涉及到個人多少金錢的問題了。一般來講，醫療事故的賠償都是由醫院承擔補償費用的，對責任人最多也就是扣獎金罷了。

蘇華還在辦公室裏，我朝她走了過去，歉意地道：「對不起。」

「我不該怪你的。這本就是我自己的問題。我太粗心大意了，因為我完全沒有把這個手術當成一回事。我……哎！現在我心裏很難受，本應該早點去給病人道歉的，竟然因為自己的難受給忘記了這件事。學弟，你也不要太過內疚了。好了，該怎麼就怎麼的吧。我現在去向病人道歉。」她卻這樣對我說道，而且語氣很真誠。

我愕然地看著她，我覺得太奇怪了，因為她今天的變化可不是一般的大。對我的這位學姐我還是比較瞭解的，雖然她有時候像男人一樣風風火火的，但是她的內心其實很驕傲。在以前，要讓她去向別人道歉，幾乎是不可能的事情。

她沒有再理會我，直接地去了。

我猛然地明白了：也許她也是在爭取病人將這件事情私了。不然的話，她剛才為什麼一直要等到我來給她回了話，才做出這樣的決定？

可是，二十萬啊，她拿得出來嗎？她結婚的時間也不長，而且剛買了房子，這二十萬對她來講可不是一筆小數目。

不多久她就回到了辦公室，我看著她，希望她能夠給我新的消息。

她朝我苦笑，「算了，讓醫院去處理吧。」

我頓時明白了：病人依然在堅持那二十萬的索賠。職稱評定上可能會遇到問題與這二十萬相比，她肯定會選擇放棄與病人私了的機會。遇上我的話，我也會這樣選擇的。在職稱評定的問題上，今年不行不是還有明年嗎？

不過她的話讓我更覺得愧疚了，「學姐，真是對不起。要不我們倆每人湊十萬給她得了？我沒有多的錢，只有十來萬。」

「你瘋了？花那麼多錢去賠償病人，你不是瘋了才怪。我們被醫院剝削，現在正是醫院出面處理的事情呢。二十萬對醫院來講不算什麼的。我才不願意自己掏錢呢。」她大聲地對我道。

「可是，這樣一來的話，就會影響到你職稱的評定啊？」我說。

「那又有什麼辦法呢？你不也一樣會受到影響嗎？要知道，這件事情是我們倆私下商量的，本來該你做這個手術的啊。所以，我們倆都一樣。算了，別說了吧。」她歎息道。

我頓時怔住了，因為我發現她說的話確實是事實。這件事情如果真的被院方追查起來的話，我們倆還真的都跑不脫。

現在，我不禁開始對趙夢蕾不滿起來：昨天晚上你幹嘛要那樣啊？幹嘛不讓我好好休息呢？

說話之間，就已經到了下班的時間，「好啦，吃飯去！吃完飯好好睡覺。」她看了看手錶後說道。

我心裏愈加難受。在回家的路上我的心情依然鬱悶，心裏想著一會兒回家後怎麼去責怪趙夢蕾。

打開門的時候，就發現飯桌上已經擺好了飯菜。我頓時感到了一種溫暖，早已將心裏對她的不滿忘在了九霄雲外，「夢蕾，我回來啦！」我歡快地大叫了一聲。

可是卻沒有人回應我。我很是奇怪，於是又叫了一聲：「夢蕾，在幹嘛呢？我回來了！」

居然沒有人回應我，我暗自詫異：她不在家？急忙跑到臥室去看，床上的被子拾掇得整整齊齊的，根本就沒有人在裏面。客房，也沒有。書房，依然是空空的。

廚房，裏面乾淨得一塵不染，她也不在這裏面。

我很納悶，隨即去到餐桌處，發現桌上的菜已經有些涼了。猛然想起昨天晚上她對我說的那些話來，還有她昨天晚上的那種怪異舉動，心裏頓時慌亂起來。

我的心臟開始猛烈地跳動，極其不規則的搏動，這種搏動讓我感覺得很難受，看眼前的一切頓感光線暗淡，真正有了一種天要垮塌下來的感覺。

急忙撥打她的手機……我更加地抓狂了，因為她的手機竟然處於關機的狀態！心裏惶惶起來，急忙拿起手機準備撥打，可是卻隨即茫然了——給誰打電話呢？

現在我才發現了一個問題：其實自己對趙夢蕾的瞭解很膚淺，我根本就不知道她生活中有些什麼樣的朋友。

眼睛忽然去到客廳外的陽台，因為我猛然間想起了昨晚她的一句話來——「其實死亡並不可怕，可怕的是死不了卻一直受罪。」

急忙朝陽台處跑去，然後伸出頭去往下面看。

下面什麼也沒有，卻忽然感到一陣眩暈。我有輕度的恐高症，從這裏往下面看的時候，讓我有了一種頭暈目弦的感覺。急忙將頭從陽台外退回來，心裏還在「怦怦」直跳。她會去什麼地方了呢？為什麼關機？不會真的出什麼事情了吧？我的內心煩亂不堪，隱隱地覺得事情有些不大對勁。

再也沒有吃飯的心思，我頹然去到客廳的沙發處坐下。當我的眼睛從茶几上掃過的時候，忽然發現到了異常——上面居然有一本書，《婦產科學》。

我很清楚地記得自己沒有將這本書從書房裏拿出來。今天沒有，昨天更沒有。我從來都沒有在客廳裏看專業書的習慣。

現在，我忽然發現了這本書，心裏驟然緊張起來，我知道，這本書絕不會無憑無故出現在這個地方。我盯著這本書，覺得它彷彿是一枚定時炸彈似的那麼可怕。伸出顫抖的手去將它拿起，然後打開。

在我剛剛拿起這本書的時候，就感到了它的異常，因為我發現書頁的中間有空隙。很明顯，裏面放有東西。打開，頓時發現裏面有一封信。一封有信封的書信。

將信封從書裏取出，發現裏面僅有薄薄的幾頁——

如果不是因為有這個信封的話，我絕不會這麼容易地發現書裏的這封信。現在我更加體會到了趙夢蕾的細心。其實她應該知道，即使她不將這兩頁信紙放到信封裏面去，我也一樣會找到它，因為它就在我面前的這本書裏。

自從我們倆結婚以來，她就一直這樣細心體貼地照顧著我。婚後我從來沒有洗過衣服，甚至連襪子也從未洗過。而且每天的三餐飯都是由她親自烹調，菜品也經常在換，在一周之內很少有重複的時候。

當我們剛剛結婚的時候，我還不大習慣她的這種無微不至，但是慢慢地就開始習以為常起來。習以為常後便慢慢地麻木了，慢慢地覺得好像那些事情本身就應該是她做的。說到底，是她太慣我了，慣得我忘記了她的好，還慣得我對她不再那麼珍惜。

現在，我已經完全地預感到她已經出事了。聯繫起昨晚的事，還有現在手上的這封信。

我打開著信紙，手在顫抖。第一行字頓時映入到了我的眼簾——

馮笑。哎，我怎麼老是不習慣叫你老公啊？難道是因為我們曾經是同學關係的緣故？這個問題我想了很久，覺得又好像不是。馮笑，你發現了嗎？其實我們一直都有著一種距離感的，也就是說我們一直都沒有像夫妻那樣隨和過。雖然我們睡在一張床上，夫妻間該做的事情也經常地做，但我始終覺得你並沒有把我當成你真正的妻子。我一直想做得更好一些，對你再體貼一些，但是你依然還是你。這不怪你，只怪我自己太失敗。

馮笑，我很感激你，因為你的出現，才讓我下定決心逃出了那個牢籠。我殺了他，但是我從來不後悔，直到現在都一直沒有後悔。像他那樣的人只有讓他去死，不然他還會更加變本加厲地折磨我。或許在他把我折磨死了之後，還會去折磨另外的女人。所以，這樣的男人必須死。

馮笑，你是不是覺得我很殘忍？其實你並不瞭解我，我不是那麼殘忍的一個人，但是我會用殘忍的方式去對付野獸一樣的男人。你是一個好人，中學的時候我倒是沒有發覺你竟然有這麼優秀，現在我還記得你那時候的樣子，記得你好像有些膽小，不敢用正眼來看我們女生，還喜歡笑，見到人就開始笑。現在想起那時候的時光，真有一種恍若如夢的感覺。

本以為這輩子再也見不到你了，可是誰知道我們竟然還能夠再次見面。那天，我到你們醫院來的時候就聽到你診室外邊正在等候你看病的病人在評價你，進來後才發現她們表揚的竟然是我的老同學。後來我們一起吃飯、喝酒，我發現你沒有什麼變化，還是像中學時候的樣子。馮笑，其實你以前悄悄跟在我後面偷看我的事情我早就注意到了，只不過那時候的我根本就沒有戀愛的可能，那時候我們的父母和老師不是經常這樣教導我們嗎——好好學習，等你們考上了大學再去考慮那些事情不遲。所以，那時候我覺得你很好笑，不過有時候也會有一種甜蜜的感覺。因為我知道你喜歡我。

上大學後就完全忘記了中學時候的那些事情了，包括你對我的那種喜歡。也許我只是把你當時的舉動當成了情竇初開的衝動而已。

可是，我後來竟然遇見了你，那是在我正經歷人生最痛苦的時候，那時候的我生不如死。當我一見到你並得知你還沒有戀愛的那一刻就決定了，決定了後面我想去做的那件事情。馮笑，你知道嗎？當你告訴我說你一直沒談戀愛的時候，當我發現你看我的眼神裏面帶著愛意的時候，就在那一刻，我頓時就下定了決心：我要讓那個人死，然後和你生活在一起，即使我們只能在一起一天也值得。馮笑，你是喜歡我的，這我知道，所以我想把我自己給你，我不想讓你對我的那片癡情失望。

馮笑，其實我這個人也很簡單。我記得曾經看過一個小故事：有一支淘金隊伍在沙漠中行走，大家都步履沉重，痛苦不堪，只有一個人快樂地走著。別人問：你為何如此愜意？他笑著說：因為我帶的東西最少。這個故事告訴我，快樂其實很簡單，擁有少一點就可以了。所以，我覺得自己曾經擁有過你就感到非常、非常的滿足啦。

上面我告訴你的都是我最真實的感情。是吧？我這個人很簡單是吧？

昨天晚上我把自己想對你說的話都說過了，還和你歡愛了一個晚上。你知道我為什麼要那樣嗎？現在我可以告訴你了，我是想把你記住，也想讓你記住我。永遠。

今天我給你做了最後一頓飯菜，不知道味道合不合適。你嘗嘗吧，如果你覺得不好吃的話不要責怪我啊，因為我心裏很亂，難免會多放或者少放了什麼作料。

好了，我要走了。現在我就要去公安局自首了。

馮笑，我不想讓你跟著我犯罪，也不想讓別人因此要脅你。你是一個好人，一位好醫生。雖然你作為我的丈夫來講還是做得不夠好，但是我依然喜歡你，愛你。

昨天晚上你給我的一切將作為我永遠的回憶，或許在地獄的那一邊我也仍然會記得。

對了，最後對你還有一些吩咐：你在夏天的時候容易出汗，冬天夏天都一樣，你要勤快一些，一天儘量多換好幾次內衣，不要嫌麻煩。你的皮膚很容易過敏，所以我給你買了很多套純棉的內衣。還有，你的胃也不大好但是卻愛吃辣椒。所以你儘量要少喝酒，今後你自己做飯的時候要把米飯煮得軟和一些。菜裏稍微多放一點鹽，留一點菜湯出來。素菜也要記得放肉，肉菜不要做得太膩。做湯的時候，把原料搗碎，煮出味道後要記得把原料撈出來，你不喜歡那些東西，只要從湯裏喝到味道就可以了。你還喜歡喝冷飲，而且非得要冰的，今後你儘量少喝那樣的東西，不然你的胃病會加重的。哎！你看我雜七雜八的都說了些什麼啊？就這樣吧，我得走了。我不想在你回家的時候看見我，我擔心自己會猶豫。

這封信你可以給你今後的妻子看，讓她知道怎麼照顧你。

離婚協議到時候我會委託律師轉交給你的。

馮笑，法院判我的時候你不要來，我不想在那樣的地方看到你。我害怕自己會哭，也怕看見你哭。

再見了，讓我們在下一世有緣再見。

對了，你一定要吃飯啊。聽話啊。

你的妻子：夢蕾

我的眼淚「嘩嘩」地往下流。馮笑，你昨天晚上就應該想到的，今天上午更應該想到。但是你卻去睡覺！而且，你還讓蘇華犯下那麼大的錯。你還是一個男人嗎？我責怪著自己，眼淚流淌得更厲害了。

拿著這封信，禁不住地失聲痛哭了起來，「夢蕾……」

再次讀著她的信，一邊讀著一邊痛哭。眼淚沾滿了信紙。最後，我的眼裏定在了她最後的那行字上——你一定要吃飯啊。聽話啊。

流著眼淚去到了餐桌處，筷子和碗也被她擺放在了桌上。拿起筷子去夾了一夾菜，送到了嘴裏……苦苦的，澀澀的，我的嘴裏全是淚水，和著菜一起咀嚼、吞下……

沒有嘗到菜的味道，但是我堅持著一口、一口地吃著，然後和著淚水一點、一點地吞下。幾次都出現了嗆咳，幸好有淚水，它讓我得以順利地吞咽下嘴裏的那些食物。

屋子裏面靜得可怕，除了我的哭聲之外我聽不到任何的聲音。這種靜讓我更加地感到淒涼。現在，我的世界已經完全地坍塌。

手機炸雷般地響了起來，我全身猛然地震顫，「夢蕾！」我大叫了一聲後拿出電話就開始接聽，「馮笑，你幹什麼？你看看幾點鐘了？怎麼還不來上班！」電話裏面傳來的是蘇華的聲音。

這一刻，我內心的悲楚猛然地爆發了出來，再也忍不住地嘶聲痛哭了起來，「哇……哇啊……。」

「馮笑，你怎麼了？發生了什麼事情？」電話裏面傳來了蘇華驚慌的聲音。

「學，學姐，哇哇！夢蕾，夢蕾她出事了……嗚嗚！」我嚎啕大哭地對著電話說道。

「喂！你別著急，究竟出了什麼事情啊？你現在在什麼地方啊？」電話裏面的她在大聲地問。

「她，她……」我說，猛然地感覺到一陣眩暈，最後聽到了一個聲音，手機掉到地上的聲音，然後就什麼也不知道了。

醒來的時候發現自己在醫院裏，因為我聞到了醫院特有的那種氣味。睜開眼，眼前是一片白色。白色的牆壁，白色的床單，還有一位身穿白大衣的人。我發現自己的雙眼有些模糊，眼前這個人的模樣根本就看不清楚。

「你醒了？」隨即便聽到了她的聲音。這下我聽出來了，是她，蘇華。

「我怎麼在這裏？」我疑惑地問道，一時間沒想起今天發生的那些事情。

「你在家裏昏迷過去了。馮笑，究竟出了什麼事情啊？」她焦急地問道。

這時候我的靈魂才頓時回到了我的軀體，所有的記憶也完全地回到了我的大腦裏面。潸然淚下。

「你這人，真讓人著急！」她有些氣急敗壞，「你是男人呢，怎麼這樣啊？快說啊，究竟發生什麼事情了？」

「她，她去公安局了。」我抽泣著、哽咽著說道。

「什麼意思？」她莫名其妙地問道。

「她犯罪了，自首去了。嗚嗚！」我哭著說。

「啊……怎麼會這樣？她犯什麼罪了？」她問道。

「她，她……」我不說了，忽然覺得不該對她說這件事，於是用哭泣掩飾。

「哎！你這人，真是的！算了，我也不問你了。你不要著急啊，趕快冷靜下來好好想辦法怎麼去處理這件事才是當務之急。聽明白了沒有？」她歎息著說道。

「怎麼想辦法？」我說。

「你現在這個樣子……馮笑，我給你說件事情，讓你暫時轉移一下注意力。」她說道，「第一件事情，那個病人放棄索賠了。你知不知道是什麼原因？」

我漠然地看著她，「哪個病人？」

「你怎麼還是迷糊的啊？就是今天我給她做手術的那個病人啊。你怎麼去和他們談的？他們怎麼忽然就放棄了索賠了呢？」她問道，疑惑地在看著我。

我搖頭，「我不知道。我從辦公室出來就回家了。可是誰知道……嗚嗚！誰知道她會出這樣的事情呢？」

「哎，你別哭了，我聽著很煩呢。幸好我發現你沒來上班，同時又想問你這件事情，所以才給你打了那個電話，不然的話可能就糟糕了。馮笑，出了這樣的事情你為什麼不給我打電話啊？不管怎麼說我也是你學姐啊？」她責怪我道。

她的話讓我溫暖了一瞬，然而悲傷卻又隨之而來，「我要起來，我得馬上去找人問問。」

「不要著急啊，你現在這樣子怎麼去問啊？我是你學姐，有什麼事情你先跟我說，我也好替你出出主意什麼的啊。」她卻即刻摁住了我。

我猶豫著。

「哎！你真是的，一點都不爽快。你想想再說吧，還是我先說一下其他的事情。馮笑，今天的事情你得好好感謝一個人。要不是她的話，我根本就不可能找到你。」她急得直跺腳，不過隨即便笑了起來。

「誰啊？」我茫然地問。

「莊晴啊，她帶我去你家的。我們敲了好久的門，後來還是她去找到了物管才把你家的門打開。當時可把我們兩個人嚇壞了，你家的餐桌被你推翻了，滿地都是碎盤子，你躺在地上人事不省。馮笑，想不到你這個人蠻脆弱的。」她說，同時在笑。

莊晴？她怎麼會知道我家住在什麼地方？我暗自奇怪。不過隨即想到她與宋梅合謀對付我的事情，心裏頓時黯然。

「好了。你現在好些了吧？告訴我，你老婆究竟出了什麼事？」她問我道。

「學姐，這件事你暫時不要對別人講。好嗎？」我依然猶豫，但是我知道這件事情遲早會被她知道的，所以我決定還是告訴她。正如她所說的那樣，萬一她可以替我想想辦法呢？

於是我講，很簡單地講，「學姐，夢蕾她，她的前夫是被她謀殺的。最近有人重新開始調查這個案子了，所以她就去自首去了。」

她瞪大了眼睛，「怎麼會這樣？馮笑，記得以前員警調查過這件事情的啊？怎麼會呢？不是已經有結論了嗎？而且她當時有不在場的證據啊？」

我搖頭，「我也不知道她是怎麼做到的。不過她自己已經對我講了，那件事情就是她幹的。」

她滿臉的驚訝，「怎麼會呢？她又不會分身術。很奇怪啊。算了，反正我想不出來事情的真相是什麼。嗯，這樣，你去問問那個女員警，就是調查你那個漂亮女病人的案子的那個女警，對了，你那個病人叫什麼？陳……」

「陳圓啊？」我說，心裏頓時亮堂了，急忙去摸電話。但是卻摸了個空。

「我，我的手機呢？」

「手機被你摔壞了。」她說，隨即將她的手機拿出來遞給我，「用我的吧。」

我不禁苦笑，「我記不得童瑤，哦，就是那個女警。我記不得她的號碼了。」

「我馬上給莊晴打電話。她正在你家裏幫你收拾呢。我讓她把你的卡取出來裝在她的手機裏。對了，你是把那位女警的號碼存在你的手機卡上的吧？」她問道。

聽到她說莊晴竟然在我家裏，我心裏頓時感到很不舒服，不過卻只好點頭。蘇華並不知道我與莊晴的那種關係，所以我只好點頭。

「那我馬上給她打電話。」她說，隨即開始撥打。我心裏猛然開始煩躁起來。莊晴，你為什麼如此的陰魂不散啊？趙夢蕾的事要不是你和宋梅的話，至於到現在這一步嗎？狗男女！騷貨！我在心裏憤憤地罵道。

耳邊卻聽見蘇華對著電話在說：「莊晴啊，你還在那裏嗎？哦，那就好。這樣，你把馮笑手機裏的卡放到你的手機裏去，幫我查一下裏面一個人的號碼。」她說到這裏的時候，轉臉來問我道：「那個女員警叫什麼名字？」

我心裏覺得很彆扭，但想到是為了趙夢蕾的事情，於是只好回答，「童瑤。」

「你看看，他存在手機卡上面的一個叫童瑤的人的號碼。他家裏有座機吧？一會兒你用座機給我撥打過來。」她繼續對電話那邊的莊晴說道。

她隨即掛斷了電話，「馮笑，你別著急。你想啊，既然她去自首了，今後法院就會從輕判決的。你說是不是？」

我想了想，覺得她的這個說法似乎很有道理，心裏頓時輕鬆了許多。「嗯。一會兒我問問情況再說。」

不多久蘇華的電話就響了，「莊晴，怎麼樣？找到了嗎？好，你等一下，我記下來。」她對著電話說著，同時從她白大衣口袋裏摸出紙筆來記。

我忽然想到了一件事情，「學姐，這是哪裏的病房？」

「就是我們婦產科啊？呵呵！你真是迷糊了啊？學弟，你今天可開了先例了啊，一個大男人住婦產科。」她看著我笑道。

我苦笑，「怎麼把我弄到這裏來了啊？」

「在你家裏的時候我就給你做過檢查了，發現你沒有什麼大問題。反正是給你打針輸液，在我們自己的病房裏多方便啊？嘻嘻！又沒有把你和那些女病人安排在一起住。」她笑著對我說道，「哦，電話號碼有了。我撥通了你自己說吧。對了，需要我迴避嗎？」

我不說話。

她頓時明白了我的意思，隨即撥通了電話後把手機遞給了我，「我出去了。」

我將電話拿過來放在了耳邊，聽到裏面傳來了童瑤的聲音，「喂，誰啊？」

我頓時緊張了起來，「我，我是……」

「馮醫生？你怎麼用這個電話啊？」想不到她這麼厲害，竟然一下就聽出了我的聲音來。

「童警官，我想問問你。我老婆是不是到你們那裏來了？」我急忙地問道。

「這……馮醫生，你瞭解多少情況？」她卻反過來問我道。

我很著急，「童警官，請你告訴我，她是不是到你們那裏來了？」

「你怎麼知道的？」她問。我頓時明白了，「她在家裏給我留了一封信。」

「信？」她的聲音很詫異，「馮醫生，你現在在什麼地方？」

「在科室裏，怎麼啦？」我莫名其妙。

「哦。」她說，隨即壓斷了電話。

我更加莫名其妙。

她真的去自首了，真的去了。我頓時頹然地倒在了床上。

開始的時候我一直惴惴不安，惶恐、擔憂、恐懼。我知道自己為什麼會那樣，因為在我心裏還有一件更害怕的事——我很擔心她會去自殺。本來在得知她真的是去自首的消息之後應該輕鬆下來的，但是卻不知道為什麼現在反而更加擔心了。

人的期望值總是朝著高的方面在幻想的。我心裏頓時明白了這一點，同時也完全地明瞭了自己現在的心思。

再也無法繼續在床上躺著了，我翻身起床。

剛剛走出病房就看見蘇華在朝我的方向走來。她看見我之後即刻加快了腳步，「馮笑，怎麼樣？」她跑到我面前低聲地問道。

我點頭，「她去了。」

「我問你的不是這個。」她說，「我問你的是你老婆的事情員警那裏有什麼消息沒有。你不明白啊？我指的是可以不讓她承擔那麼大罪行的辦法。哎，我也表述不清楚。我的意思你應該明白的吧？」

我點頭。我當然明白。「我不好問啊。不，我還沒有來得及問她就掛斷電話了。人家是員警，她不好過多對我說什麼的。」

她瞪了我一眼，「你傻啊？現在都什麼時候了？怎麼還這麼迂腐呢？算了，你在員警那裏可能確實不好說什麼。我看這樣吧，你現在首先得先去找一位好點的律師，這件事情相當重要。」

我這才發現自己的思維真的很混亂，「謝謝你，學姐。我馬上去想辦法。」

「莊晴的男人應該認識律師吧？你可以找莊晴幫你的忙啊？」她提醒我道。

我心裏猛然地升起一陣煩亂的情緒，「學姐，這件事情我自有辦法。」

「好吧，你現在沒什麼了吧？身體怎麼樣？」她點頭，隨後關心地問我道。

「沒事了，我得馬上出去一趟。」我說。剛才，在蘇華說到找律師的事情的時候，我第一個想到的人就是常育。她會有辦法的。我堅信這一點。

不過，我現在卻發現自己遇到了一件很麻煩的事情——我的手機不能使用了，同時想到莊晴現在還在我的家裏，心裏再次出現了一種煩躁的情緒。

馮笑，現在你老婆的事情可比什麼都重要。我在心裏提醒自己。是的，現在重要的是夢蕾的事情，我即刻地想明白了。

出了科室，然後準備朝醫院外邊走去，卻忽然聽到有人在叫我：「馮醫生。」我一看，發現童瑤正從一輛警車上面下來。於是我便站在了那裏等候她。她在朝我跑過來。

「馮醫生，我想去你家裏一趟。」她對我說。

我有些反感，「幹嘛？」

「馮醫生，本來我們應該對你的家進行搜查的，但是我們覺得沒有必要了。不過你剛才提到了那封信，我們需要拿到它，因為那封信也是你妻子犯罪的證據之一。對不起，請你一定配合我們的工作。」她對我說道，很客氣的語氣。

「如果我不願意呢？」我問道，心裏很不愉快。

「對不起，我們也是考慮到你以前對我們的工作有過很大的支持，所以才暫時沒有開出搜查證去搜查你的家。不過馮醫生，你應該知道的，有些事情你還是配合我們的好。我們已經是朋友了對嗎？既然大家是朋友了，那就千萬不要讓大家都尷尬才是。你說是嗎？」她依然客氣地說道。

我頓時默然。她的話其實已經帶有威脅的意味了，我完全聽得出來。而且我也很清楚，現在我與她對抗毫無作用和意義。

「那我們走吧。馮醫生，請上我的車。」她對我說道，語氣溫和。

我點頭，心裏忽然有了一種悲涼的情緒。

請續看《帥醫筆記》之三　難分難解

帥醫筆記 之2 誘惑在心

作者：司徒浪
發行人：陳曉林
出版所：風雲時代出版股份有限公司
地址：105台北市民生東路五段178號7樓之3
風雲書網：http://www.eastbooks.com.tw
官方部落格：http://eastbooks.pixnet.net/blog
Facebook：http://www.facebook.com/h7560949
信箱：h7560949@ms15.hinet.net
郵撥帳號：12043291
服務專線：(02)27560949
傳真專線：(02)27653799
執行主編：劉宇青
美術編輯：許惠芳

法律顧問：永然法律事務所 李永然律師
北辰著作權事務所 蕭雄淋律師

版權授權：蔡雷平
初版日期：2015年7月
初版二刷：2015年7月20日
ISBN：978-986-352-199-0

總 經 銷：成信文化事業股份有限公司
地　　址：新北市新店區中正路四維巷二弄2號4樓
電　　話：(02)2219-2080

行政院新聞局局版台業字第3595號 營利事業統一編號22759935

定價：280元　特價：199元

國家圖書館出版品預行編目資料

帥醫筆記／司徒浪著. -- 初版-- 臺北市：風雲時代，
2015.06 -- 冊；公分

ISBN 978-986-352-199-0（第2冊；平裝）

857.7　　104008026